TORDSILHAS

MARCELO
RUBENS
PAIVA

MARCELO RUBENS PAIVA

CONTOS E CRÔNICAS

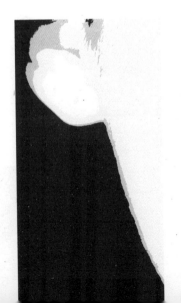

TORDSILHAS

O HOMEM
RIDÍCULO

SUMÁRIO

11 ANTINOMIA DO CASAMENTO

15 EM TRÂNSITO   21 TRAIÇÃO

43 O HOMEM IDEAL

47 POTINHOS DA TURQUIA

53 A GAROTA DE PRETO

59 E DAÍ QUE ACABA

63 TIPOS QUE NÃO INVEJAMOS

67 QUANDO ENTRA O TERAPEUTA

73 QUEM AMA RECLAMA

- 89 DIVÓRCIO
- 95 TRÊS É BOM
- 99 TIPOS QUE INVEJAMOS
- 103 LUANA, A NOIVA
- 107 AÍ É *TOO MUCH*
- 111 SEPARAÇÃO
- 117 JOELHOS
- 123 O COMEÇO DO FIM
- 127 SUSAN
- 131 DICAS PARA UM CASAMENTO DURADOURO
- 135 O EIXO

139 SÓ QUIS ME COMER
145 ACONTECE QUE
149 O AMOR PLATÔNICO
153 GENEALOGIA DO MACHO RIDÍCULO
157 DESAVENÇA ITALIANA
163 PRA SER SÓ MINHA MULHER
169 O TIO E A GRAVIDADE
177 A MENINA QUE CHORAVA

COM ALGUNS HOMENS FOI FELIZ,
COM OUTROS FOI MULHER

CAETANO
VELOSO
EM "TIGRESA"

ANTINOMIA DO CASAMENTO

"Estamos numa baita crise. Discutimos muito", desabafou com o melhor amigo, aquele ainda casado com a namorada da faculdade, pai de dois moleques, dono de um *golden* que "*retrieve*" até pensamento e de uma rotina aparentemente invejável.

Amigo que, como sua mulher, não aparentava a idade que tinha. Casal esportista, queimado pelo sol, causava admiração. Os dois sempre bem-humorados. Nunca expunham desavenças, se existiam.

Se um casamento pode dar certo, ali estava o exemplo a ser seguido. Qual o segredo?

"O que começa uma discussão?", o amigo perguntou, como um sábio socrático.

"Decisões. Em viagens, por exemplo. Brigamos em todas as viagens que fizemos. Só quando namorávamos, uma vez deu certo."

E se lembrou da viagem teste para Bariloche, de classe executiva, com direito a uma tarde em Buenos Aires para compras.

Estavam se conhecendo. Viagem teste: se conseguissem o consenso em toda a programação turística, se conseguissem esquiar, passear, comprar e ainda transar como dois adolescentes, a relação ultrapassaria o cabo das tormentas a caminho de um mundo novo, paradisíaco, cheio de especiarias e ritos exóticos.

Rolou. Foram morar juntos um mês depois de voltarem da Argentina.

Mas, na primeira semana "casados", o alarme apitou. A primeira discussão pública.

Tinha levado a mulher para jantar num japonês escondido que só ele conhecia, daqueles que gritam "irasshaimase" assim que os clientes entram. Ele era chamado pelo nome pelos garçons. Sabia de cor o cardápio e o time para qual cada funcionário torcia.

Ela deixou que ele escolhesse o combinado; afinal, ele era um "local". Enquanto o garçom íntimo anotava o pedido, ela lia o cardápio e questionava se o custo de um outro combinado, que tinha mais peças e era pouca coisa mais caro, não valia o benefício.

"Você me diz para escolher o prato, mas acabou de interferir na decisão", comentou irônico.

"Só estou tentando ajudar" foi a desculpa que passou a ser o mantra a atormentar a vida do casal.

Nas viagens seguintes, já na ida ao aeroporto começavam os conflitos. Ele preferia fazer hora num *duty free* a mofar ansioso num congestionamento. Planejava sair com cinco horas de antecedência. Ela o chamava de estressado e tentava acalmá-lo com um desesperador "vai dar tempo".

No *check-in*, mais conflitos, já que chegavam em cima da hora: lugar no avião e o que levar como bagagem de mão.

Assim que decolavam, ele se dopava. Preferia apagar por todo o voo. Ela queria papear, ver todos os filmes, ler.

No exterior, ele preferia andar de metrô e gastar mais tempo em museus a solas de sapatos. Ela preferia andar a pé.

Ele preferia café da manhã no quarto. Ela, na rua. Ele detestava igrejas e museus de arte contemporânea. Ela era fascinada por todos os templos, sem distinção de estilo e religião, e seguia as dicas de viagem de uma revista feminina de moda.

Ele queria conhecer a cidade num ônibus de dois andares, que parasse em todos os pontos turísticos e resumisse numa tarde o que deve ser visto e fotografado. Ela preferia jogar com o acaso e sair sem plano traçado.

Ele queria conhecer a gastronomia local. Quanto mais esquisita, mais interessava. Ela temia por novidades da flora e da fauna locais e sempre sugeria restaurantes básicos, mediterrâneos. Seu maior pavor era uma intoxicação alimentar paga em moeda estrangeira.

Por fim, o amigo deu o conselho que serviria para a vida toda, e mudaria para sempre a relação daquele casal:

"Deixa ela decidir tudo. Faça como eu. Enquanto ela discute no *check-in* do aeroporto, fique lá na calçada fumando."

"Mas eu não fumo."

"Comece."

E assim foi.

Planejou outra viagem para colocar em prática o novo comportamento.

A ida para Orlando foi um sucesso. Ele não palpitou. Nem questionou quando ela pediu na Disney que ele ficasse ao lado do Pateta, para uma foto que postou no Instagram.

E começou a fumar. Em toda e qualquer indecisão turística, ele dizia: "Decide você, que vou lá fora fumar um cigarrinho".

Não discutiu com ela quando na volta deu excesso de bagagem. E passou o voo acordado vendo as fotos que ela tirou com o Pato Donald, o Mickey, a Margarida, o Tio Patinhas e todo o *casting* imbecil da família Disney.

Voltaram e concluíram que nasceram um para o outro.

Ela decidiu se casarem formalmente.

Ele topou, apesar de agnóstico.

Ela escolheu a data, o local, as músicas e o bufê. Fez sozinha a lista de convidados. E sugeriu mudarem de casa.

Ele topou.

Ela escolheu o bairro, a rua, o condomínio e a companhia que faria a mudança.

Ele apenas encaixotou.

Ela decorou o novo apê. E era a última palavra em tudo: se sairiam ou ficariam em casa assistindo Netflix, selecionado por ela, lógico, no novo *blu-ray* que ela escolheu e que combinava com os móveis da sala. É, foi na mudança que ela decidiu que a TV ficaria na sala.

Às quartas, jogatina. Na mesa de pôquer, só os maridos.

Enquanto eles apontavam quem era o *small* e o *big blind*, reclamavam das mulheres mandonas e dos conflitos infindáveis. Só ele jogava concentrado, ciente de que encontrara a fórmula perfeita, que pendia para um lado.

Mal sabia que, na sala ao lado, na tranca das mulheres, a sua era a que sempre puxava o debate, com a cumplicidade da mesa.

Ela não tinha outro assunto:

"Não entendo, ele parece interessado, mas no final sou eu quem acaba fazendo tudo. Fico esperando ele tomar atitudes, mas nada. E ainda começou a fumar!"

EM TRÂNSITO

"Você me acha ciumenta?"
"Não."
"Nada?"
"Nem um pouco."
"Não combinamos que sempre falaremos a verdade?"
"Combinamos?"
"Não tenho certeza. Mas não seria bom pro casamento?"
"Uma mentirinha inocente não faz mal a ninguém."
"Então me acha."
"O quê?"
"Um pouco."
"Ciumenta? Normal."
"Normal quanto?"
"Como assim? Numa escala? De zero a dez?"
"Muito ou pouco?"
"Por que isso agora? Aconteceu alguma coisa de que não estou sabendo?"
"Nada."
"Tinha alguém no bar me olhando, alguém disse alguma coisa?"

"Por quê? Tinha alguém no bar te olhando?"
"Não reparei."
"Alguém disse alguma coisa?"
"Disse?"
"A velha tática de responder perguntando."
"Contra a velha tática de jogar verde pra colher maduro."
"Você quer mudar de assunto e falar de agricultura agora?"
"Começou este papo por quê...?"
"Por quê...?"
"Boa pergunta. Me sinto um criminoso. Por quê?"

Entram no carro. Ela dá a partida. Ele, com a carteira de motorista suspensa, vai como passageiro. Encaixam o cinto. Ela liga o pisca e, antes de sair da vaga, retoma o que ele considerava superado.

"Para saber se você me acha ciumenta."
"Ciúme é que nem barata. Não serve pra nada, só assusta."
"Não faz rodeios com metáforas."
"Vamos tentar manter nossa relação longe dessa praga."
"Tá vendo, então acha!"
"O quê?"
"Ciumenta!"
"Acabou de passar por um farol vermelho."
"Sou ciumenta, que merda!"
"Relaxa."
"Estou desabafando!"
"Cuidado com a moto."
"Eu sei o que estou fazendo."
"Por que a irritação agora?"
"Porque eu sei que sou muito ciumenta."
"É nada."

"Sou! E é uma droga isso!" E grita: "Sai da frente!"

"Amor, era faixa de pedestres."

"Sempre atravessam quando quero passar?!"

"É normal ter ciúme."

"Vou ficar louca."

"Vai?"

"Vou xeretar seu *e-mail*, seu celular, sua carteira, contas bancárias, vou mandar te seguir, grampear seu telefone. E eu não quero isso. Então, melhor me dizer agora toda a verdade."

"Que verdade?"

Ela estaciona o carro na primeira vaga que encontra e o desliga. Acende um cigarro. Traga como se participasse de uma gincana: o vencedor é quem acaba o cigarro primeiro. Ficam mudos por um tempo. Ele espera, até dizer:

"Não é perigoso ficar parado aqui a essa hora?"

"A Joana."

"O que tem a Joana?"

"Tenho ciúme dela. Folgada..."

"Da Joana?! Mas... Já te disse milhões de vezes, fomos colegas na faculdade, é minha amiga, minha única amiga daquela época. Você acha que não é possível haver amizade entre um homem e uma mulher? Você tem amigos homens. Vários. Ela é minha única amiga mulher."

"Ela faz questão de me esnobar, contar coisas suas que não sei, rir de piadas que só vocês dois entendem."

"Lógico! Eu conheço ela há muito mais tempo que conheço você."

"Isso que me irrita. Ela sabe de você mais do que eu."

"Claro."

"Por que ela sempre me provoca?"

"Sei lá."

"Vai ver não gosta de mim."

"Vai ver não gosta de você."

"Tá vendo?!"

Ela joga o cigarro com raiva pela janela e liga o carro, o pisca, sai e acelera. Passa por outro farol vermelho e quase atropela outro motoboy.

"Por que não gosta de mim, eu não sou fofa?"

"Cuidado, o ônibus!"

"Desisti de ser legal com ela."

"Isso mesmo, é uma idiota, sempre te provocando. Ela faz isso sempre."

"Faz?"

"É, adora fingir que conhece segredos da minha vida que só ela sabe."

"Você também reparou?"

"Claro. Fora que usa roupas apertadas, fica ridícula com aquela banha saindo pra fora da calça..."

"Ridícula!"

Ela diminui a velocidade.

"E o hálito de cigarro? Ridícula! Isso, amor, ali tem radar."

"Eu sei."

"Pode ir até um pouco mais rápido."

"Não é quarenta?"

"Acho que é sessenta."

"Na dúvida, melhor ir a quarenta."

"Beleza."

Ambos checam a velocidade em que passam, marcada no totem: 30 km/h.

"Ah, ela é divertida."

"Joana?! Que nada. Vou cortar as relações totalmente. Cansei de ver ela te esnobando."

"Tadinha. É o jeito dela."

"É?"

"Insegurança."

"Mas você não fica chateada? Não quero que nada nos atrapalhe."

"Normal ter ciuminho, vai dizer que você não tem."

"Evito."

"Ciúme não se evita. Só os mortos não sentem. Hoje mesmo. No bar. Ele piscou pra mim."

"Mas aquele era o Edmundo!"

"E daí? Não conta? Ele bem que ficou me olhando."

"Olhando pra lente da câmera. Eu que pedi para você tirar uma foto minha com ele. Vou ter ciúme?"

"E o sorrisinho?"

"Você queria que ele fizesse uma cara feia? Logo o Edmundo... O Animal?!"

"Bem. Ele é gato. E aquelas pernas..."

"Deu tempo de você olhar pras pernas dele?!"

"Ele estava de bermuda. Todas estavam olhando pras pernas dele. E pra bunda."

"Passa esse carro logo."

"Nenhum ciuminho? Olha a foto dele aí no celular."

"O cara jogou em todos os times, nem sou tão fã."

"Por que então você me pediu para tirar a foto?"

"Inércia." Olha a foto: "É, um sorriso diferente...".

"Não disse?"

"Passa esse carro! Sai da frente, seu cego, desgraçado, sai de casa por quê?"

"Ele me xavecou de leve."

"O cara daquele caminhão me xingou?! Emparelha!"

"Repara na foto."

"Passa ele e para o carro! O que foi, palhaço?! Vai encarar?!"

"É, amor, você tem razão. Olhando bem... Foi um sorriso burocrático."
"Ah, fugiu, né? Desgraçado!"
"Piscou de agradecimento. Vou apagar esta foto."
"Do que a gente tava falando?"
"Ih. A Joana mandou uma mensagem. Que fofa..."
"O que ela quer?"
"Perguntou se você ficou com ciúme do Edmundo."
"Que folgada..."

TRAIÇÃO

5h51. Ela abre os olhos devagar. Antes de o despertador tocar. Está de lado, na cama. Observa o visor, que acaba de mudar.

5h52. Escuta o silêncio da casa, da rua, da cidade. Um ar gelado envolve os seus braços. Ela os coloca debaixo do cobertor.

5h53. Escuta a respiração do marido. Dorme pesado. Mas não ronca. Ele sempre dorme pesado. Como ela inveja os que dormem pesado, os que se deitam e dormem antes dela, os que dormem na posição em que se deitam, não sentem frio ou calor, não reclamam do colchão mole ou duro.

5h54. Sempre, em toda a sua vida, desde que nasceu, ela dorme depois dos outros, dorme depois dos irmãos, dos primos e dos namorados. Tem dificuldades, deita-se e pensa, ainda durante um bom tempo, às vezes por uma hora, às vezes mais, a insônia, a clássica insônia; é, ela demora, faz um balanço do dia, pensa nos amigos, nos planos. Nunca teve um cara que dormisse depois dela.

5h55. Em viagem, então... Pode atravessar o Atlântico ou o Pacífico de olhos abertos, lendo ou assistindo aos filmes, chega ao destino exausta e, na primeira noite, estranha tudo, o cheiro do quarto de hotel, o colchão, especialmente o travesseiro alto demais, a cama mais fria e impessoal, os ruídos do quarto, o frigobar que range, a água ou o óleo que escorre na calefação, estranha os ruídos da rua, da cidade, do país, da novidade, e não dorme.

5h56. Nunca tomou remédios para dormir: tem medo de se viciar. Costuma viciar-se em remédios. Em anti-inflamatórios, quando teve uma bursite, experimentou todos eles, até o Vioxx, que foi retirado do mercado. É viciada em analgésicos para cólicas. Buscopan, o seu preferido. Em pingar gotas no nariz. Em colírio, na época em que era "a" maconheira da faculdade. Por isso, nunca teve coragem de tomar remédio para dormir, pois sabe que corre o risco de ficar para o resto da vida dependente de mais um, um mais barra-pesada até, tarja preta, daqueles que se obtêm com receita, e ela ficar para o resto da vida dependente de um médico que lhe dê receitas, todos os meses, teria de comprar estoques nas férias dele, teria de levar caixas nas suas férias, nas viagens em que cruzaria o Atlântico ou o Pacífico.

5h57. Homeopatia? Já tentou. Mas o médico disse que o seu problema era maior. Havia um desequilíbrio vital. Para ele, havia um triângulo que precisava ter os lados iguais. Um vértice é o da emoção. O outro, o da razão. Até aí, os gregos dividiram muito melhor: o apolíneo (equilíbrio e beleza) e o dionisíaco (inspiração e desinibição). O sábio, calculado, racional *versus* o espontâneo, instintivo, louco. Mas os homeopatas inventaram um terceiro? Sim, foi o que seu médico lhe disse, não bastavam as gotinhas para dormir, era preciso encontrar um equilíbrio entre as três partes de um todo: a razão, a emoção e o físico. Algo ligado à antroposofia. Era fé o que ele queria dizer? É preciso ter fé na medicina homeopática? Acreditar nos efeitos das gotinhas ou nas bolinhas, ou comprimidinhos, como nas pílulas do Frei Galvão? Não há ciência na homeopatia?

5h58. Então, na consulta de mais de uma hora, ele perguntou sobre os detalhes da sua vida. Físico? Fazia exercícios regulares. Pilates duas vezes por semana. Andava bastante. Corria na praia nos fins de semana. Nadava. Racional? Nem era preciso dizer: defendia a sua dissertação de mestrado em Linguística Aplicada. Emocional, lúdico? Bem... Descobriu o desequilíbrio. Então, além das bolinhas, ele receitou pintura, isso mesmo, ela deveria trabalhar a parte do cérebro destinada às artes, à brincadeira, desenhar, ou pintar, ou bordar, ou cerzir um tapete de palha, algo que obrigasse o seu cérebro a não pensar, algo que a relaxaria, já que seu estado racional e físico se encontrava em condições plenas e bem desenvolvidas. Relaxada, ela dormiria. E ela só queria dormir, queria bolinhas mágicas. Comprou tintas, telas, espalhou tudo pela mesa da sala, começou aquilo que nunca tinha feito na vida: pintar. Um vaso. Com flores. Verde. Fundo amarelo. Que flores? Ela só queria dormir, e tinha agora que decidir entre as cores do vaso, do fundo e das flores. Perdia o sono. Dois meses depois, com a ineficiência da terapia, ela jogou as bolinhas pelo ralo e presenteou o filho do zelador: tintas, papel, telas, até lápis de cor. Torceu para ele não pintar as paredes da escada de emergência, as colunas da garagem. Sobraria pra ela.

5h59. Indicaram florais. Mas ela não tinha fé. Nem tentaria. Nem começaria. Gotinhas de flores agora... Seguiu todas as receitas unânimes: não tomar café depois do meio-dia, nem chás com cafeína, nem refrigerantes, não assistir à TV antes de dormir, não fazer atividade física à noite, tomar um banho quente, relaxante, ler um livro... Nada. Sua insônia não tinha explicação. Era um carma que herdara injustamente de alguma injustiça cometida por seus ancestrais. Caramba, ela se deitava depois da meia-noite. Até aos sábados era assim. Já tentou Maracugina, Serenus, maçã com mel, chá de erva-cidreira, capim-santo, meditação, jejum, massagem aiurvédica. E ele dormia ainda. Pesadamente. Bem, assim era para ser, já que, em toda a sua vida, ela só ficava com caras que tinham facilidade para dormir. Era das primeiras perguntas que fazia, antes de engatar uma relação: "Você dorme bem?" Se o cara falasse que tinha dificuldades, ela cortava no ato. Por quê? Porque não queria conviver com alguém fritando ao seu lado. Preferia os que a deixassem a sós com o seu pesadelo.

6h. Ela ergueu o dedo um segundo antes e desligou calculadamente o despertador. Ela sempre fazia isso. Odiava o alarme daquele despertador paraguaio. E sentia um prazer extra em conseguir desligar antes de ele chegar às 6h. Era sua única vitória contra uma noite maldormida. Então, virou-se para o lado e: "Amor, acorda. Tá na hora". Ele nem suspirou, nem bocejou, levantou-se da cama antes de o relógio chegar às 6h01. Foi ao banheiro. Que ódio. Além de facilidade para dormir, ele tinha uma incrível facilidade para acordar. Mesmo num frio daqueles. Ela ouviu o chuveiro ser ligado. Ele escovou os dentes enquanto esperava a água aquecer. Ela sentiu no ar aquele cheiro gostoso de pasta de dente. Depois, de xampu, sabonete: banho. Ela fechou os olhos.

Como era apaixonada por ele... E se impressionava: mesmo dormindo, ele tinha um chârme que o destacava. Transmitia aquela confiança que a deixava sempre emocionada e feliz por ter encontrado este cara para ser o pai do seu filho e, tomara, passar com ela o resto da vida. E riu do caderno no criado-mudo ao lado que, apesar de nunca ter sido preenchido, e de o marido nem mais fazer terapia, continuava lá, com um lápis sobre, esperando um dia para, quem sabe, ganhar a narrativa de um sonho maluco (ou não). Se é que ele sonha.

6h13. Ela abriu a porta do quarto do filho, que dormia largado na cama, pernas apoiadas na parede, cabeça para fora do colchão, cobertor e travesseiros no chão, uma zona. Como crianças conseguem dormir daquele jeito? Nem sentia frio, nem nada. Dormia gostoso, largado, como um leopardo sobre um galho estreito. Ela foi até o menino e o endireitou, colocou o travesseirinho, o cobertor. Puxou ao pai, pensou. Grande. Precisamos comprar uma caminha maior, já não é aquele bebê.

6h15. Abriu a porta e pegou o jornal no *hall*. Correndo. Para nenhum dos três vizinhos flagrá-la naqueles trajes e com os cabelos despenteados. Fazia isso até no verão, de camiseta ou toalha. Abria a porta correndo e, vupt, pegava o jornal e voava para dentro. Ficaria muito envergonhada se fosse pega. Ela gostava de correr o risco. Uma anarquia matinal. Para despertar com um irreverente bom-dia ao sol, ao frio, à vida.

6h16. Sentou-se no sofá com a bandeja: uma água de coco, um queijo de minas, uma fatia de mamão papaia e um iogurte com polpa de morango e cereais coloridos Danito. Sim, ela sabe que já não tem idade para comer aquele iogurte com cereais coloridos, que estava na hora de trocar por um natural, sem açúcar, glúten, cálcio, *diet*, *light*, 0% colesterol e semidesnatado, isto é, um pote de iogurte com nada dentro. Quando o médico a proibir na UTI, ao lado de um padre, aí, sim, ela pararia. Já parou com o cigarro e os destilados. Por enquanto ela deixa se lambuzar.

6h30. Deitada no sofá, parou de ler o jornal. Olhou a sala e se perguntou se não estava na hora de trocar os quadros de lugar, ou de fazer uma reforminha. Adora fazer uma reforminha, já trocou a pia da cozinha quatro vezes, ela implica com aquela pia. Não. Chega de reformas. Aquela casa está perfeita. Depois de quatro anos, sim, eles acertaram ali, os móveis, a estante, até a ordem dos livros, divididos como numa livraria: autores nacionais, estrangeiros, filosofia, história, turismo, psicologia, tudo seguindo uma ordem alfabética pelo sobrenome do autor. Claro que os de culinária estavam na cozinha, num armarinho charmoso, herdado.

6h31. Ligou o computador. Seu gato se aproximou de surpresa, ficou andando pela mesa, evitando o teclado. Sim, aquela casa estava perfeita. Sentia-se bem ali. Aconchegante, viva. Levou a bandeja para a cozinha e preparou o café do marido. Espiou o trânsito pela janela. Pena que tinha que trabalhar. Ficaria o dia inteiro curtindo a sua casinha, cozinhando besteiras, lendo filosofia, ouvindo Lulu, Djavan, RPM...

6h32. Ligou a água quente do seu banheiro. Desligou a cafeteira.

6h33. Checou os *e-mails*, enquanto a água esquentava. *Spam, spam, spam...* O gato olhava o monitor com interesse. Uma piadinha da amiga. *Spam, spam, spam...*

6h34. O vapor da água a pairar pelo corredor. Viu as portas dos quartos fechadas. Ninguém à vista.

6h35. Então, entrou no Gmail secreto do qual só ela sabe da existência. Ela e uma pessoa especial, que mora em Buenos Aires e vem para São Paulo a cada quatro meses. É difícil explicar. Ao abrir, suas mãos tremeram. Sim, ele enviou uma mensagem. Sim, está na cidade. O coração disparou. O gato olhou para ela. Como gatos conseguem ter esse olhar tão penetrante? Abriu a mensagem. "Hoje, 19h?" Era só o que estava escrito. Não tinha "oiê", nem nada mais, nem o endereço, porque ele sempre se hospedava no mesmo hotel. Ah, vá, não queira explicações. Ela pensou rápido. Hoje? Dá para fazer depilação e arrumar o cabelo na hora do almoço. Tudo certo, invento que tenho um curso à noite, que vou direto do trabalho. Curso? Palestra? Casa do Saber, Sempre um Papo, Instituto Moreira Salles... Com o *mouse* no "responder", clicou.

6h36. Ai, que computador lento. Precisavam trocar de computador urgentemente. Então, na resposta, com a tela em branco, pensou mais um pouquinho e respondeu: "OK. Bj." Quando olhou para o lado, o marido, de banho tomado, sorria, já arrumado, encostado na porta, pronto para sair:

"O que está fazendo?"

"Nada."

Ela desligou o computador. Pegou o gato no colo. E ficou aflita. Pois não sabia se tinha desligado antes ou depois de enviar o "OK. Bj." E passaria então o dia com a dúvida.

"Não desliga assim, pode desconfigurar a conexão."

"Desculpa. Sou tão atrapalhada..."

"É nada. Só um pouco distraída."

"Não é a mesma coisa?"

"Você precisa parar com isso."

O coração dela disparou. 6h40. Cedo demais para ser julgada? Deixou o gato no sofá.

"Com o quê?"

"Parar de aquecer o planeta. A água já está pelando."

"É que esse chuveiro demora para aquecer."

"Já estava quente. A água."

Ele sempre inverte a ordem numa sentença. Gosta disso nele. Não diria "a água já estava quente".

"Estou com tanta pressa", ela disse e se levantou. Beijou o marido na boca. Um selinho matinal.

"Você volta cedo?"

"É que hoje à noite eu tenho um curso na Casa do Saber."

"E pro jantar? Não vem?"

Outra inversão. Fofo...

"Vou chegar tarde. Não me espere." Então, olhou nos olhos dele e perguntou: "Tudo bem, né?"

"Claro..."

E foi para o chuveiro, sem responder à pergunta: "Curso sobre o quê?" Correu para o boxe, para decidir se ela precisava parar com aquilo e sobre o que era o curso.

6h43. Ficou um tempo imóvel debaixo da água pelando. Para se acalmar. E se perguntar se era justo o que ela acabara de armar. Por que fazia aquilo? Por que não começava também uma terapia?

6h45. Só então pegou o sabonete e esfregou no corpo, esfregou muito, tudo. Decidiu: não irei à depilação nem ao cabeleireiro. E deixaria o tempo moldar a sua noite.

7h05. Vestiu-se no quarto. Casual, pensou. Selecionou cuidadosamente a roupa de baixo. Vestiu uma calça preta, uma camisa branca, botas, jaqueta jeans. Amarrou um lenço na cintura. Olhou-se no espelho, virou-se para um lado, para o outro, virou-se de costas e torceu a coluna para checar o ajuste da calça na bunda. OK. Parou de repente. O que você está fazendo, está se vestindo para ele!? Teve vontade de chorar. Teve vontade de sorrir. Afinal, ele estava na cidade. Alguém consegue chorar e sorrir ao mesmo tempo? Tirou o lenço da cintura e colocou um cinto neutro. Examinou-se de novo no espelho, perfil direito, esquerdo, costas. Então, viu o marido na porta, rindo, com uma caneca de café na mão.

"Ai, que susto!", ela reclamou.

"Você não envelhece", ele disse.

"Odeio quando você diz isso."

"Estou te elogiando."

"Está me lembrando que um dia eu irei envelhecer."

"Envelhecer... Um dia todos iremos."

"Você entendeu o que eu quis dizer."

"Por que o mau humor? Eu fui sincero."

Ela foi até ele, passou a mão nos seus cabelos e deu um beijo na boca. A língua dele estava quente, com gosto de manhã e café. Uma delícia de beijo. Ela grudou nele, colou no seu corpo. Chegaram a cair na cama. Mas quando ele pensou em "ação", ela pensou em "corta" e se levantou.

"Você acha que um dia vou te trocar por uma universitária?"

"Acho. Todos trocam."

7h10. Ela acordou o filho abraçando-o como querendo esmagá-lo. Ele reclamou do abraço.

"Vai, filhão, papai já está te esperando."

"Eu não quero ir."

"Por que não?"

"Quero dormir."

"Sábado e domingo você pode dormir até mais tarde. Dia de semana tem escola."

"Sábado e domingo não é dia de semana?"

Indagador como o pai. Beijou-o em todos os cantos do seu rosto. Fez cócegas nele e tirou o cobertorzinho. Abriu a janela.

7h23. Já na garagem, ligou o rádio do carro. Ouviu aquele solo de guitarra meio indiano, distorcido; inconfundível. Ela aumentou o volume, abriu o portão da garagem, saiu para a rua e cantou junto:

"Meu caminho é cada manhã, não procure saber onde estou, meu destino não é de ninguém, e eu não deixo os meus passos no chão. Se você não entende não vê, se não me vê não entende, não procure saber onde estou, se o meu jeito te surpre..."

Quase atropela um motoqueiro. Distraída ou atrapalhada? Ele xinga: "Tá louca?! Vaca!"

8h10. Sentou-se à sua mesa. Que ódio. Ligou o computador. Checou seu *e-mail* secreto. "Hoje, 19h?" Era só o que estava escrito. Nenhuma saudação. Nem o endereço. Porque ele sempre se hospedava no mesmo hotel. Ela pensou em responder novamente.

Mesmo ciente de que duas respostas, se é que a primeira fora enviada, apontariam ansiedade. E ela sabe muito bem que, no jogo da corte, o que importa é a sutileza. Ela responderia com o mesmo texto da primeira: "OK." Digitou. Não se lembrava se na primeira escreveu "Bj" além do "OK".

"Que inferno!", murmurou. Porque então ele receberia duas respostas com dois textos diferentes. Se estivessem iguais, a culpa cairia sobre o provedor, que, estranhamente, como são os mistérios da internet, mandou duas vezes o mesmo texto em horários diferentes. Decidiu mudar para um *e-mail* que deixa a troca de mensagens registrada.

"Calma, mulher! Esquece essa história!" Foi pegar um café.

8h21. Voltou para a mesa. Buscou no *site* da Casa do Saber os cursos daquela noite. Filosofia, psicologia, cinema, teatro, religião, temas contemporâneos. Fixou o ponteiro do *mouse* no ícone do curso *A Paixão e o Crime — De Euclides da Cunha a Pimenta Neves*. Palestrante:

Luiza Nagib Eluf. "Estudo de casos de crimes passionais célebres, que ocorreram no Brasil a partir de Euclides da Cunha até Pimenta Neves, sob a ótica social e de gênero."

Não, não, não. Nada disso.

8h46. Foi pegar outro café. Imaginou como o marido a mataria, com uma arma ou uma faca? Aquele lá não mata nem uma mosca. Passivo demais. E como ela o mataria? Não, ela não o mataria, mas sim à outra, se houvesse. Ela estava uma pilha. Devia é fazer um curso de psicanálise.

8h55. Voltou para o computador. Notou o curso *Freud e a Sexualidade*, de Mario Costa Pereira. Agora sim. Clicou no ícone. Checou datas. Teria que ligar para se inscrever. Sim, se era para ser tudo perfeito, teria até de se inscrever de verdade. Quem sabe até assistir a alguns minutinhos do curso. Mas sair logo depois de iniciada a palestra. Costa Pereira ficaria chocado com aquela mulher audaciosa indo embora no começo de uma exposição sobre Freud, para encontrar um amante de fora que vem a cada quatro meses. "Interna", decretaria. Nossa, se internassem todas as mulheres que têm um caso eventual...

9h. Correu para a reunião. Prestou atenção? Em nada. Caso eventual. Que horrível expressão, pensou. É um caso eventual, mas não é. Perguntou-se se deveria ou não o encontrar. Por que fazia aquilo, a adrenalina comandava o seu dia, havia uma mescla de sofrimento e expectativa, a ansiedade se moldava com os ponteiros do relógio, minuto a minuto, a ideia de ir ou não ir era seu único pensamento. Levaria o dia como se fosse ao encontro. Na última hora, decidiria. Era isso que a atraía?

10h13. Ligou para a Casa do Saber. Inscreveu-se num curso de ciência, de dois encontros: *LHC — Em Busca da Partícula de Deus*. Com Maria Cristina Batoni Abdalla.

10h44. Recebeu um telefonema do marido. Confirmou que iria ter um curso à noite sobre o LHC, Large Hadron Collider, o acelerador de partículas construído na fronteira da França com a Suíça. O marido perguntou desde quando ela se interessava por Física. Ela contou que o funcionamento do LHC propicia uma quantidade imensa de novas tecnologias, da internet às de imagem usadas na medicina, como terapias de combate ao câncer. Foi o que ela leu no *site*.

"Os resultados das experiências ajudam a desvendar a constituição íntima da matéria, o que pode mudar a compreensão sobre o funcionamento do Universo e atestar a existência da última partícula elementar cuja existência ainda precisa ser comprovada, o 'bóson de Higgs', que exerce papel-chave na explicação das origens da massa de outras partículas, a ponto de ser chamada de 'a partícula de Deus'. Sim, vai ter trechos de filmes."

"A partícula de Deus?"

"Não é lindo?"

"Você vem para jantar?"

"Não. Como por aqui mesmo."

"Tá, se eu estiver dormindo quando você chegar, não se esqueça de uma coisa."

"Do quê?"

"De que eu te amo."

"Ai, amor... Eu também. Beijos."

Desligou. Não conseguiu trabalhar. Passeou com o *mouse* pela tela. 11h55. Respondeu ao *e-mail*: "OK. Bj." Ligou para o salão. Reservou um horário para as 17h. Cortar as pontas. Só. Sem depilação, unhas, nada.

12h. Desceu para o almoço. Mas antes de entrar no quilo natural a que vai todos os dias, cruzou a rua, entrou na farmácia. Pegou uma cestinha. Percorreu as gôndolas. Pegou escova de dente para o filho, fio dental para toda a família, Buscopan para ela, Sinvastatina para abaixar o colesterol do marido, que sempre esquece de tomar. Cheirou um creme hidratante novo.

12h19. Foi para a fila do caixa. Na sua vez, olhou bem ao redor. Ninguém conhecido. Examinou a prateleira ao lado. Lubrificado, não lubrificado, extra, com espermicida? *Large. Action. Sensitive. Light.* Riu. Por que usam termos em inglês para descrever as qualidades dos preservativos? Colocou na cesta o lubrificado testado um a um eletronicamente, que mantém a sensibilidade natural, transparente, com látex e reservatório. Um envelope com três unidades. Colocou a cesta no balcão. Deixou ao lado o seu cartão eletrônico.

Pegou uma bala de mel. E decidiu pegar outro envelope de três unidades. É melhor garantir. Nunca se sabe. A mão encostou no seu ombro.

"Que coincidência."

A voz familiar do seu cunhado, irmão gêmeo do marido, que também trabalha na área. Não podia dar a mão, segurava a embalagem de três preservativos lubrificados testados um a um eletronicamente, que mantêm a sensibilidade natural, com látex e reservatório.

"Você está doente?"

"Claro que não!"

"O que está comprando?"

"Nada", ela disse e devolveu o envelope para a prateleira.

"Nada?", ele estranhou e olhou para a cesta no balcão com escova, fio dental, remédios e preservativos.

"Crédito ou débito?", perguntou a caixa.

"É da minha amiga. Ué, onde ela se meteu?"

E saiu pela farmácia, procurando a amiga.

"Neide? Neide?"

Andou pelos corredores, gôndolas, Dipirona Sódica, cestinhas, cremes, pastas, escovas de dente, alicates de unha, Advil, vitaminas. "Neide?" Derrubou uma pilha de esparadrapos e micropores, agachou-se para pegá-los, respirou fundo. Tonta. Permaneceu por instantes escondida, selecionando os impermeáveis. Recolocou os esparadrapos na estante, levantou-se.

Seu cunhado apareceu.

"Tudo bem?"

"Minha amiga sumiu."

"Sumiu? E agora?"

"O que você está fazendo aqui?"

"Estou no meu horário de almoço."

"Eu também."

"Vamos almoçar juntos?", ele convidou.

"Tem a minha amiga."

"Ela sumiu. Vamos. Só nós dois. Nunca ficamos a sós. A gente fala mal da família toda."

Ela riu. Gostava dele. Muitas vezes, ela perguntou de brincadeira se ele não era o gêmeo com quem deveria ter se casado. Era bem mais bonito do que o marido. Mais culto. Divertido. Gostava das coisas boas da vida. Jantar fora. Viajar. Touro, como o marido. Mas tão diferente. Porém, um pequeno detalhe encerrava o projeto platônico: ele era *gay*.

"Claro. Vamos almoçar. Tem um natural aqui..."

"Pra beber alface batido com agrião?", ele interrompeu e fez uma divertida cara de nojo. "Vamos naquele italiano da esquina. E tomamos um vinho."

"Boa. Vamos lá então."

"Toma. O seu cartão. Você esqueceu no balcão."

12h22. Brindaram com duas taças de um *rosé* gelado. Ele era gentil. Explicou que o *rosé* perdeu o estigma e se tornava uma opção. Escolheu as entradas. Então, confessou algo. Estranho, pois nunca tinham trocado intimidades. Que ele estava apaixonado. Que encontrou um cara para casar. O que é um cara para casar?, ela pensou. Um arquiteto lindo, carioca. Que é o homem da vida dele. Mas entrou num mar de correntes traiçoeiras. Que, apesar de estar amando, não conseguia deixar de paquerar outros caras. Que ficou muitos anos solteiro, na galinhagem, tem muitos rolos, paqueras, ex-casos, ex-namorados, um médico, dois psicólogos, policiais militares, um vereador de direita, um jogador da Série A. Como faria agora, eliminaria todo esse círculo vicioso para se dedicar a um cara só?

    12h31. Chegou a comida. *Penne ao pesto* para ele, camarão e legumes para ela. Continuou. Que curtia a galinhagem, mas um homem daqueles exigia o compromisso com a fidelidade, e o que é trair, afinal? Tinha medo de sentir falta da liberdade. Tinha medo de amar aquele homem e ser abandonado. Tinha medo de morrer só. De ficar velho, gordo, careca, com nariz e orelhas grandes, só. Então, passou a falar do irmão gêmeo, de como invejava a vida planejada do irmão, que sabe quanto vai ganhar daqui a cinco anos, da dedicação com o filho e a mulher, de parecer não ter conflitos nauseantes, dilemas sem solução. Que preferiria ser o irmão a sofrer tudo o que ele sofre com as suas indecisões e a ilusão de que há algo melhor atrás do planejado. E perguntou se ela, casada há tantos anos, não tinha vontade de trair, não tinha tesão por outros caras, controlava os desejos, fantasia…

    "Eu? Ah… Sei lá. Trabalho tanto."

    "Claro que, às vezes, você sente atração por outro cara."

    "Normal."

    "Que tipo de cara?"

    "Um bem diferente."

    Riram.

    "Vocês são fiéis um ao outro? Está na cara."

    "Você acha?"

    "Não existe casal tão apaixonado. O casal perfeito."

    "Não existe casal perfeito."

    "É. Ninguém é fiel", ele disse e riu, olhando com seu olhar penetrante, que atordoa e seduz até porteiro de boate.

"Ele não é fiel?"

"Meu irmão? Olha, eu até te diria, se soubesse. Mas aquele lá é um mistério..."

Racharam uma torta de maçã com sorvete de canela e falaram mal da família. Ele tomou um curto, ela, um carioca. Ele pagou a conta. *Gentleman*.

"Vamos marcar mais vezes. Adorei conversar com você", ela disse, segurando as mãos delicadas e bem cuidadas do cunhado. "Quero conhecer o homem da sua vida."

"Deixa pra lá. É o homem da minha vida hoje. Não sei se será amanhã."

13h07. Despediram-se na calçada. Ela acendeu um cigarro e esperou ele entrar no prédio de escritório da esquina. Então, voltou pra farmácia.

13h09. Na farmácia, comprou uma paçoca natural, uma Coca e um envelope com três unidades de camisinhas lubrificadas testadas uma a uma eletronicamente, transparentes, com látex e reservatório, que mantêm a sensibilidade natural.

13h21. Sentou-se no banco em frente ao trabalho para tomar a Coca e fumar outro cigarro. Ao lado, outros fumantes aproveitavam os últimos minutos da pausa do almoço, antes de voltarem ao maldito edifício em que é proibido fumar. Três advogados falaram com ela, que mal prestou atenção. Gracejos. Cantadas inocentes. Tipo: "Ela nunca sairia para beber com a gente, porque não merecemos a sua companhia..." "É ocupada demais." "No que tanto pensa?" "Aposto que é corintiana." Aqueles três sempre a cantavam. Advogados do andar de cima. E quer apostar? Os três são casados com garotas lindas, bem-vestidas, submissas. Submissas? Que mania de julgar sem conhecer. Preconceito, sabia? Ela se perguntou por que a maioria dos homens beija a esposa, sai de casa e canta mulheres na calçada, no trânsito, no metrô, no trabalho, na pausa do almoço, é um costume tribal? Autoafirmação do macho alfa. Riu. Qual daqueles três advogadozinhos recém-formados, recém-casados, seria o macho alfa?

13h29. "E, se eu for embora agora, entrar correndo naquele táxi, mandá-lo seguir pela Imigrantes, descer a serra até a praia, tirar a roupa, entrar no mar e sair nadando?" Adorava pensar em atitudes intempestivas. Ela já foi tão louca anos atrás. A mais maluca. Quantas vezes não foi para a praia e voltou no mesmo dia, matando aula, estágio, trabalho? Saudade de ser volúvel! Saudade da vida.

13h30. Sempre há algo melhor atrás do planejado? Despediu-se dos galanteadores com um sorriso, apagou o cigarro, jogou fora a paçoca e a lata no lixo reciclável e subiu. Trabalhou sem parar. Desde o almoço. Quase como um surto, não viu a hora passar, planilhas e relatórios, várias janelas abertas no seu monitor, nem leu os *e-mails*, nem atendeu o telefone, nem tomou café. Até o celular no *vibracall* chamar a sua atenção às 17h20. Era do salão. Reservara o horário das 17h. Cortar as pontas. Esquecera completamente. Pediu mil desculpas. Consegue chegar em quarenta minutos, dá?

17h22. Salvou seus arquivos, um por um, fechou as janelas. Desligou o computador. Olhou ao redor. Apesar de o escritório estar apinhado, em horário de pico, ela nunca se sentiu tão só. São seus amigos. Seus colegas. Trabalham "na casa", como chamam a empresa, com sinergia e transparência. Mas, no fundo, são apenas colegas. Ninguém teria tempo para escutar o dilema que queima o seu estômago desde quando acordou. Nem os três advogados do andar de cima.

17h24. Pegou um café num copo descartável da máquina e saiu à francesa.

18h03. Sentada diante do espelho, coberta por um pano preto, com o logo do salão impresso no peito, olhou para Jonas, o seu cabeleireiro, e teve vontade de chorar. Ele transmitia confiança. Desde a adolescência, fazia o seu cabelo. Fez na sua formatura e no seu casamento. Mas Jonas e todos pareciam ocupados. Corriam. "Só as pontas, amor." E sorriu sem graça.

18h41. Parou no estacionamento credenciado da rua Mário Ferraz. Olhou o aviso: 24 HORAS. Guardou o recibo.

18h45. Pagou o curso da Casa do Saber. Pegou o recibo e a apostila. Circulou pelas estantes. Folheou um livro sem reparar no nome ou capa ou autor.

18h50. Pegou um pão de queijo com um *cappuccino* pequeno no café da livraria e foi para as mesinhas lá fora. Sentou. Acendeu o cigarro e olhou o relógio de parede avançar. 18h52. Tragou e não pensou em nada. 18h53. Bebericou. Tragou. 18h54. Tragou. 18h55. Não fez nada. 18h56. Tragou. 18h57. Não fez nada. 18h58. Bebeu, tragou e apagou o cigarro. Fechou os olhos, respirou uma, duas, três... Levantou-se às 19h em ponto.

19h01. Entrou num táxi. Retocou a maquiagem e meteu na boca uma balinha de hortelã. Sorriu. "Pode aumentar o rádio?", pediu ao motorista. Começou a cantar junto, baixinho:

"Eu só queria te contar que eu fui lá fora e vi dois sóis num dia e a vida que ardia sem explicação. Explicação. Não tem explicação. Explicação. Sem explicação..."

Ficou emocionada. Triste. O pôr do sol da primavera é vermelho. Cássia Eller morreu jovem. Há tanta cor no Ibirapuera.

19h16. Bateu na porta do *flat*. Ele atendeu, sorriu. Ela entrou. Ele olhou para o corredor, para um lado, para o outro, e fechou a porta.

23h39. Olhou na bolsa o celular desligado. Ligou. Foi pegar na pia do banheiro o anel de prata, que sempre tira quando lava as mãos. Ele, esparramado nu na cama, dormia. Ela deu um tchau com a mão direita, sem falar nada.

23h41. No corredor do *flat*, checou as mensagens no celular. Só coisas de trabalho. Chamou o elevador. Olhou o visor do aparelho. A campainha do elevador tocou.

23h42. Entrou e apertou o térreo. Ele desceu um andar e parou. Ficou apreensiva. Entrou um casal jovem, bêbado. Eles nem a cumprimentaram.

Ela se encostou na parede e voltou a apertar o térreo, apesar de a luz do botão estar acesa. O elevador fechou a porta. Reconheceu o rapaz que tentava beijar a garota: um dos advogados que trabalham no andar acima do seu escritório. Que agarrou a garota por trás e colocou as duas mãos nos peitos dela, que deu uma cotovelada na barriga dele. Ambos riram e olharam para a terceira passageira. Comportaram-se. Ele no canto, abraçando a sua garota por trás, que pediu:

"Aperte o térreo."

"Já está."

"Obrigada."

O rapaz começou a beijar o pescoço da garota, que inclinou a cabeça.

"Oi", ele disse.

"Oi", ela respondeu.

"Você conhece?", perguntou a garota.

"Não", ele respondeu.

Ela sentia como se eles quisessem ler os seus pensamentos. Alguém tem poderes para isso? Era como se ambos estivessem concentrados, esforçando-se para roubar os seus segredos. Como enxadristas russos. Ela abaixou a cabeça. Imaginou o que este garoto ia contar para todo o escritório. O que aquela mulher, que fuma depois do almoço, fazia num *flat*?! Vai contar para todo o bairro. Ela olhou o visor do celular. O elevador desacelerou. Abriu a porta. Sem sinal. Ótimo. Será que estou desarrumada? Saiu num pulo.

23h44. Olhou-se no espelho do *hall*. Só o cabelo desarrumado. "Me chama um táxi, por favor", pediu ao segurança encostado na porta giratória. O cara apontou para o lado, onde um taxista com o seu táxi estacionado dormia no banco do motorista. Como são mal-educados. Ela odeia aquele *flat*. Vai sugerir, por *e-mail*, que ele se hospede em outro lugar. Tantas opções na cidade. Ela ficou ao lado da porta traseira do carro, esperando o segurança abri-la. Mas o teimoso não fez nada. Deu três tapinhas no capô, acordando o motorista, que, ao vê-la, abriu a porta por dentro. "Mário Ferraz, por favor", ela disse ao entrar. Sem querer, bateu a porta. O taxista olhou irritado. Deu a partida. "Por que você está de mau humor?", se perguntou. "Deu tudo certo. Por que você sempre sai mal-humorada deste *flat*?"

Por que será?

Tirou um espelho da bolsa e se penteou como pôde. Tirou um cigarro da bolsa. "Desculpe, mas não pode fumar", o motorista deu o troco. Ela guardou o cigarro e pediu: "Pode aumentar a música?" Ele demorou, mas obedeceu. Ela cantou baixinho, junto: *"Silêncio, por favor, enquanto esqueço um pouco a dor no peito. Não diga nada sobre os meus defeitos. Eu não me lembro mais de quem me deixou assim. Hoje eu quero apenas uma pausa de mil compassos..."*

    Abriu a janela. Sentiu o vento úmido. Reparou que tinha chovido muito. Enquanto ela estava trancada no quarto, rolou uma tempestade. Eles nem perceberam. Poças, carros molhados, galhos derrubados, faróis piscando no amarelo. Uma árvore caída interrompia o trânsito nos Jardins. Sentiu-se culpada: a cidade no caos, e ela num quarto, alienada. *"Porque hoje eu vou fazer, ao meu jeito eu vou fazer, um samba sobre o infinito..."*

0h15. Chegou ao estacionamento em que tinha deixado o carro, perto da Casa do Saber. Pagou o táxi. Acendeu um cigarro ainda no banco traseiro. Tragou com prazer. De repente, percebeu o portão do estacionamento trancado por um cadeado. Viu apenas o seu carro, solitário, no fundo do pátio. Desesperada, correu até a Casa do Saber, também fechada. Chamou o segurança da esquina.

    "Moço, meu carro ficou lá dentro!"

"Está fechado."

"Fechado? Mas olha a placa, 24 HORAS."

"Fechado. Fecha à meia-noite. Às 24h", e fez aquela cara que todo segurança faz quando não pode ajudar.

Então, desprotegida, ela começou a chorar. Encostou numa mureta e chorou muito. Ele pegou um celular-rádio. Atendeu o manobrista do estacionamento, já no ponto da Rebouças, esperando o busão para Taboão da Serra. Não adiantaria voltar e abrir o cadeado, o sistema de cobrança estava desligado. Ela voltou a chorar desesperada, enquanto o segurança tentava convencer o colega.

0h27. Chegou o manobrista com a chave. Ela teve vontade de abraçá-lo, pular, dançar. Mas sorriu envergonhada, como se uma criança tivesse sido liberada de um castigo, depois de ouvir um sermão. Deu uma nota de 50 reais. Ele recusou. Pediu apenas que pagasse o valor de 10; turno da noite.

0h47. Ela entrou em casa sem fazer barulho. Deixou a apostila do curso que não fez sobre a mesa de jantar. Colocou água na chaleira. Correu para ver o filho. Ele dormia, com o abajur aceso e as pernas para fora da cama. Ajeitou-o. Beijou-lhe todo o rosto. Arrumou sua mochila, o criado-mudo. Começou a arrumar seu armário. Ouviu a chaleira apitar.

0h52. Ela bebia um chá verde. O gato entrou na cozinha. Não passou por entre as pernas dela, como sempre. Parou e se sentou no meio da cozinha. Ficou examinando-a, como se a repreendesse. Ela acendeu outro cigarro, colocou a ração no pote. Ele não saiu do lugar.

1h07. Já deveria ter saído do chuveiro pelando. Já se lavara, mas continuava, não tinha vontade de sair. Por ela, ficaria a vida toda debaixo daquele chuveiro, se ensaboando repetidamente.

1h19. Vestida com uma camisola creme de cetim, e sem acender a luz, ela se enfiou na cama delicadamente. Sentiu o colchão se mexendo. Olhou para o marido. Ele estava deitado, de olhos bem abertos, encarando-a.

"Ai, que susto", ela disse sem graça.

"Tudo bem?"

"Tudo. Boa noite, querido", ela disse, beijou-lhe a testa e virou de lado, para ficar de costas para ele.

"Eu te amo", ele disse.

"Eu também."

Silêncio.

Será que dormiu?

Não.

Ele então perguntou:

"Como foi a sua noite?"

Que pergunta inusitada, desesperadamente fora de hora, por que acordou, por que não dormia pesadamente, roncando, sonhando, como na maioria das noites, por que estava concentrado, curioso?

Ela fechou os olhos e respondeu:

"Normal."

O HOMEM IDEAL

A respiração dela se descontrolava quando ele comandava as reuniões semanais. As mãos tremiam quando ele aparecia de repente ao seu lado na máquina de café e nunca tinha trocado. Ela prontamente emprestava as moedas. Depois voltava para a sua baia e se perguntava se não teria sido demasiadamente solícita.

Às vezes, quando, coincidentemente, subiam no mesmo elevador para o escritório, o mundo parava. Era a viagem mais longa em um prédio de dez andares.

No andar da firma, cada um para o seu lado, e ela lamentava não trabalharem perto do céu, para a viagem do elevador durar a eternidade.

Ouvia dizer no *happy hour* que ele era um galinha e catou algumas estagiárias, secretárias e duas advogadas.

No analista, perguntou se aquela paixão que nascia pelo chefe não era uma óbvia transferência edipiana.

Tudo nele era perfeito.

Atencioso e solteiro!

A gravata que combinava, o sapato sempre engraxado, a caneta Montblanc reluzente, o Rolex no pulso, como um executivo, para seus padrões, de bom gosto. Quase ridículo.

Inteligente, rápido, poliglota, sabia usar o pretérito mais-que-perfeito com precisão. Costumava passar os fins de semana fazendo o quê?

Velejando, claro.

A paixão aumentava, sufocava: insônias. Análises minuciosas de cada *e-mail* trocado profissionalmente, de cada comentário solto em reuniões, para desvendar se ele também sentia algo por ela.

Até que decidiu procurar um milagreiro que anunciava em folhas coladas nos postes de luz da Marginal, garantindo que, por um preço baixo, conseguia enlaçar qualquer paixão não correspondida.

Ela confessou todo o seu desespero apaixonado para o mago de moletom e camisa do Corinthians, que atendia numa portinhola de uma galeria do Centro. Nada a perder.

A consulta durou quinze minutos.

Ele lhe deu apenas uma poção em gotas, num invólucro sem nada escrito e sem data de validade, e disse: "Coloque dez gotas no café dele e terá o seu homem garantido até o fim dos dias."

Charlatão?

Toda pinta.

Mas cobrou apenas 10 reais pela consulta. O "veneno" incluído. Exigiu que retornasse em dois meses.

O plano foi traçado. Ela sabia do horário em que o metódico chefe passeava pelas baias, e como era o seu café. Postou-se ao lado da máquina com as moedas na mão.

Quando ele se aproximou, ela enfiou as moedas, colocou não dez, mas vinte gotas no copo que a máquina despejou. O chefe então a cumprimentou, descobriu-se sem troco, e ela ofereceu o seu café recém-expelido.

Ele recusou.

Ela insistiu.
Ele tomou, não sentiu nada e partiu para a sua ronda.

No dia seguinte, ela recebeu *e-mails* confusos dele, como de um bêbado em transe. Não respondeu.

Então, ele apareceu na sua baia com um bombom, ficou ao seu lado e se esqueceu do que ia perguntar e de dar o bombom.

No dia seguinte, a convidou para um almoço. Num hotel. Com vista para a cidade. Enquanto subiam para o restaurante, ele apertou outro andar. Segurou na sua mão. Desceram antes num corredor cheio de portas e quartos. Tudo calculado. Reserva já feita. Chave no bolso. Abriu a porta, entraram.

Foi o melhor sexo de suas vidas, confessaram.

Os encontros se tornaram diários. Jantares entraram para a agenda. Almoçavam, jantavam, transavam. Surgiram as caronas. Ele a pegava de manhã. E a levava à noite.

Primeiro foram flores. Vieram perfumes franceses, anéis, colares, relógios.

O chefe mudou a mesa dela para a sua sala. Dizia que não conseguia ficar mais de um minuto sem ela por perto. Beijaram-se em todos os cantos. Ligava de madrugada, só para ouvir a sua voz.

E, nos fins de semana, lá ia ela velejar e vomitar com o balanço do mar.

Grudados, não havia mais folga.
Ele se mudou para a casa dela.
Tomavam banhos juntos.

Liam os mesmos livros, jornais, revistas, ouviam as mesmas músicas.

Não cabiam mais flores no apartamento, joias nas gavetas, relógios no pulso. Até no cabeleireiro ele ia e esperava, lendo revistas femininas antigas.

Se saía com as amigas, ele ia junto.

Se visitava a família, lá estava ele, de mãos dadas, colado.

Dois meses se passaram. O retorno da visita ao milagreiro.

Ela apareceu na hora marcada, aflita, estressada. O novo namorado e ainda chefe a esperou na porta. Quando o mago a viu, disse o que ela queria ouvir: "Então, veio buscar o antídoto? Não aguenta mais, né?"

Ela teve vergonha de exprimir seu enjoo e arrependimento. O curandeiro lhe deu outra poção. Num vidrinho de gotas. E disse: "Pois agora, são outras dez gotas. Mas, desta vez, custará 200 mil."

POTINHOS DA TURQUIA

Na primeira vez de um homem e uma mulher, que mal se conhecem e dividem por uma noite a maior das intimidades, em que se entregam e se consomem, há um final que é habitual: o que aconteceu exatamente?

Então, se perguntam em segredo, na nostalgia precoce da despedida, com a porta do elevador aberta, será que vai rolar novamente.

Como se conheceram?

Onde muitos se conhecem: numa festa de amigos em comum.

Ela chegou acompanhada por um garotão que fez sucesso com o mulherio do grupo. Linda. Olharam-se, cumprimentaram-se e passaram muito tempo se examinando de longe.

Até acabar o gelo, o sorvete, a *playlist* de um, e passarem do uísque para a cerveja. Os que acordavam cedo foram embora. Como o garotão dela, depois definido como "apenas um amigo".

Ele lhe ofereceu uma latinha gelada. Ela surpreendentemente disse que não bebia. Nada. Nunca. *Never*. Quer dizer... Quase nunca.

Ele teorizou. "Beber traz tantos problemas. Uns conselhos precisam ser seguidos. Apesar de tentador, evite falar verdades que estão há tempos entaladas no gogó. Risque do mapa as palavras exorcizar, desabafar. Não é preciso, no momento em que o pileque começa a agir, ser verdadeiro e sincero. Beba, fique alto, continue sorrindo, fale o mínimo possível e concorde com tudo."

"Especialmente se o patrão estiver por perto", ela concordou.

Ele continuou: "Na segunda dose, dê o celular para um amigo guardar, para não mandar mensagens com resoluções definitivas, provas de amor absoluto, arrependimentos tardios. Nem tente telefonar de madrugada para uma paixão desfeita que, a essa altura, assinou em cartório uma declaração de convívio marital com outra pessoa, faz planos de viagens longas para países exóticos e pesquisa em qual escola próxima matricularão a prole que será responsável pela mudança da categoria do veículo familiar de sedan para minivan".

Riram.

O papo rolou. Ela não entendia nada de bebidas. Ele parecia um boêmio didático, um especialista. "Os árabes inventaram os destilados. Nasceu o porre homérico. Que não se sabe se foi relatado na *Ilíada* ou na *Odisseia*", ele contou.

Merecia ter um programa numa rádio, em que alternam dicas e músicas.

"Já vi Engov como brinde em banheiro de casamento", ela lembrou.

Na verdade, ela já reparara nele em outra ocasião. Num casamento. Em que ele estava acompanhado por uma garotinha de minissaia que não parava de falar, com a metade da idade dele, definida como "peguete", termo que ele desconhecia.

Filha de um amigo, de um ex-patrão, ele confessou. Foi um erro, um deslize.

Ela gostou da resposta.

Queixaram-se da hipocrisia dominante nos novos tempos.

Terminaram o papo imaginando se era possível haver 100% de honestidade numa relação de trabalho, amizade ou amorosa. E imaginaram, gargalhando, as possibilidades de se dizer a verdade sempre. Como num quadro do *Fantástico*.

Haveria o dia em que um cara diria para uma mulher: "Só quero te comer". Ou em que ela diria para o cara: "*Sorry*, você até que é gato, mas não rolou química, e estou apaixonada por um *restaurateur* especialista em comida mediterrânea". Ou chegaria alguém para reclamar ao chefe: "Olha, eu até poderia enganá-lo e afirmar que a concorrência quer me contratar pagando o dobro, mas será que não rola um aumentinho?"

"Estou bêbado, melhor eu ir embora..."

"Já?"

Não deu outra, trocaram os números de telefone, para quem sabe continuarem aquela conversa com um grau de sobriedade aprovado por qualquer blitz do bafômetro.

Foi no dia seguinte que ele mandou mensagem confessando que adorou o encontro.

E ela respondeu de imediato dizendo que fora mútuo.

Ele perguntou, então, quando poderiam repetir, tomar um café, que é o código que se usa para encontros que sabe-se lá como terminam. Especialmente para aqueles que não bebem.

E ela devolveu perguntando quando ele podia.

Ele nem titubeou e disse que no dia seguinte. E logo se arrependeu, pois sabe que, numa corte, a ansiedade é um veneno sem antídoto para o começo de uma história. Mas ela não podia, e perguntou se não poderia ser naquela mesma noite, em que ela estava livre.

Ele, enfim, respondeu claro que sim. Sugeriu o café ao lado da casa dele. Ou na própria casa dele. Deu o nome da rua, para saber se ela teria como ir até lá.

A resposta demorou. Deve estar refletindo, pensou, no convite ousado, sem rodeios. Será que fui rápido demais? Ou está no outro lado da cidade? Bem, fui honesto.

Ela demorou, mas respondeu, surpresa, que morava na mesma rua, a uma quadra dele, e que precisaria de um tempinho para se arrumar e levaria um jantar.

Eles tinham poucos minutos.

Ótimo, não deu tempo para se perguntarem se faziam a coisa certa, já que praticamente se conheceram mesmo na noite anterior.

Ela chegou logo depois, carregando uma sacola de feira, com uma deliciosa baguete para fora, comidinhas e... vinho!

Riram da coincidência. Tinham a mesma farmácia, banco, café na esquina, feira, e nunca se encontraram pelo bairro.

Ele colocou Curtis Mayfield. Sem pestanejar. Achou que era quem combinava com aquela noite. Ela serviu a mesa. Pão, queijos, vinho, morangos, geleias, água de coco... Existe algo mais propício?

Não é que ela esvaziou uma taça num gole?!

Meia hora depois, estavam agarrados na sala.

Minutos depois, ele a levou para conhecer o apartamento.

Segundos depois, ele estava na cama. Ela subiu em cima dele. Ele levantou o vestido dela. Estava sem calcinha. Sem sutiã. Com uma camisinha na mão.

A afinidade no papo era a mesma do ato. Como se se conhecessem há anos. Descobriram rápido do que o outro gostava. E como gozava. Deliciaram-se sem culpa. Se deram na primeira noite. E daí?

Entraram pela madrugada na cozinha, já vestidos. Ela enfiou a sobra de queijos e geleias na geladeira dele. Lavaram a pouca louça. Deram um tapa na pia. Falaram do passado amoroso de cada um. Um rápido resumo do presente afetivo.

Então, ela disse, enxugando as mãos num pano de prato: "Já que a honestidade é a marca do nosso encontro, queria dizer que estes potinhos são da Turquia, gosto muito deles. Posso deixá-los aqui. Mas a gente vai se ver de novo?"

Ele abriu o armário da cozinha para guardar as taças, e viu outros potes da Turquia, da Grécia, uma xícara do México, outra do Peru, autêntica, pois estava escrito nela "Perú", com acento. E se lembrou de brincos de prata, pérolas e até um relógio esquecidos por outras, perdidos em gavetas pela casa. Sabia exatamente a quem pertenciam. Nunca foram devolvidos. Peguetes?

Riu e concluiu. Sim, devolverei estes potinhos.

Haverá outro encontro, ele respondeu, despedindo-se na porta do elevador. Honestamente.

E tiveram. Vários encontros. Muitos. Rolam ainda. E não só na farmácia, no banco, na feira. Mas sob seus lençóis, sóbrios e bêbados.

Foram vistos pela última vez dando um rolé em Istambul. Em casas de chá. Ele parou de beber. Quer dizer... Não parou totalmente. Sabe como é.

A GAROTA DE PRETO

Existem mais de cem tons de cores. Mas prefere o preto.

Cítricas?

Só quando vai à praia.

E costuma cobrir suas pernas esticadas, finas, com meias pretas.

Usa botas. Não existe mulher que se veste melhor do que as paulistas. E que saiba qual bota escolher e como andar sobre elas.

Sabe o equilíbrio entre o moderno e o convencional. Senso estético apurado. Dona do seu próprio estilo.

A paulista não anda, caminha apressada. Vem e passa. Sem balanço. Sem mar para ir atrás. Moça do corpo pálido. Saturado pela pressa. Beleza que passa sozinha.

Não faz questão de chamar atenção.

Nem tanta questão de ser definida, mas magra.

Sempre de dieta.

Sempre em guerra contra a balança.

Malha para se afunilar. Intensamente, pois sabe que a gastronomia da cidade é uma tentação. Massas, pizzas, doces, sorvetes, doces, nhá benta, tesão...

Academia?

Prefere pilates, que estica até o limite das juntas, quase rasga em duas.

E corre, se quer emagrecer urgentemente.

Olhando o chão, pois já tomou muitos tombos por causa das calçadas irregulares da cidade, uma anarquia de desníveis, pedras, buracos, pisos sem um padrão seguro para o seu caminhar apressado de botas, meias e pernas finas.

Gingar?

Fora de questão.

Olha para o chão e se lembra do que esqueceu, do quanto falta, do que faz falta, do que está errado.

A garota de São Paulo é perfeccionista, gosta de estar ajustada, como as engrenagens de uma indústria. Quer a precisão da esteira de uma linha de montagem.

Passa e olha para o chão, pois pensa nas atividades, nos prazos atrasados, nos compromissos da semana, na agenda do mês.

A garota de São Paulo leva uma vida saudável. Procura comer verduras sem agrotóxico.

Leite?

Desnatado.

Carne vermelha?

Eventualmente.

Carboidrato à noite?

Nem pensar.

O pão tem que ser integral. Linhaça e aveia no café da manhã? Obrigação. Café descafeinado. Chás. Queijos brancos, magros.

Nada industrializado, a não ser a caixa de Bis, que detona algumas vezes em certos períodos, que por vezes têm o intervalo longo, mas, quando se torna um vício, chora, porque algo deu errado, desembrulha e engole cada Bis como se nele encontrasse a explicação das incoerências.

Recicla o lixo.

Toma remédios para dormir. Toma excitantes para acordar. E aguentar a jornada.

Ela é ambiciosa, trabalha demais, em mais de um emprego, pensa em dez coisas ao mesmo tempo, procura conciliar a organização do lar com a de fora dele.

Ama e odeia o chefe.

Ama e odeia o trabalho.

Sabe que ele dá a independência para ser a moça que quiser, mas também tira o tempo de ser a moça que queria ser.

Metade dela sofre o descarte para a outra parte florescer.

Adora elogios.

Odeia galanteios.

Adora presentes.

Detesta insistentes.

Quer ser cortejada.

Jamais abusada.

Fecha a cara quando ultrapassam o limite da sua intimidade. Preserva a privacidade.

Algumas querem ser chefe. Chefiar garotos de São Paulo. O que só dispara seu conflito maior, o de agregar. Terá que dar ordens, broncas, demitir, exigir, estipular metas, cobrar eficiência. E depois sozinha em casa chora no escuro ao som de Billie Holiday. Sente-se pressionada, e ela não sabe por quê. A vida não faz sentido, e ela não sabe por quê.

Chora com comerciais da TV, em cerimônias de casamento, maternidades, quando visita as amigas, no farol, quando uma criança vende bala.

A garota de São Paulo dirige bem. O problema é que se maquia enquanto fala no celular e ultrapassa um busão articulado, aproveitando a brecha entre ele e uma betoneira lotada de concreto. E se esconde no

55

anonimato do *insufilm*, muda a música do Spotify e, dependendo dela, canta sozinha em voz alta, para não ouvir impropérios.

Faz tanta coisa ao mesmo tempo...

Dirige bem, mas é dispersa. Pensa em vinte coisas em dez segundos. Nunca chega a uma conclusão.

Liga para a mãe semanalmente. Troca poucas palavras com o pai. Detesta a esposa do irmão. E ama as amigas. Com quem viaja para a praia, para não ficarem um segundo em silêncio. Se o tempo não dá chance, prefere uma tarde na piscina do condomínio com as amigas a encarar o parque lotado.

Se irrita com homens que falam de dinheiro. Se irrita com homens que contam vantagens no trabalho. Se irrita com homens grudentos, esnobes, arrumadinhos, fúteis, incultos, mal-educados.

Gosta de homem interessante.

É assim que ela seleciona: os interessantes e os não.

O que é um homem interessante?

Nem se gravar o papo de seis horas na piscina com as amigas consegue-se descobrir.

Tem que ser aquele que chega e não dá bola. Mas que repara nela bem antes de ir embora. Que olha como se ela fosse a mais fosforescente das mulheres. E que dá um jeito a todo custo de trocar meia dúzia de palavras e, claro, criar laços e conexões.

Mas, se nada der certo, garotos, não esquentem a cabeça. A mulher de preto sabe seduzir. Sabe olhar e demonstrar. Sabe chamar atenção e indicar que você foi o escolhido. Sabe sorrir, ser paciente com a sua demora, ouvir atentamente os seus devaneios e engasgos. E, quando parece tudo estar perdido, sabe dizer a hora de ir embora, falar como e sugerir na casa de quem.

A garota paulista não enrola.

Quando não quer, deixa claro.

Quando quer, faz de tudo para acontecer.

E não tem o menor pudor de ir para a casa com você na primeira noite, preparar o café da manhã da primeira manhã, que logo, logo, ambos saberão se vai se repetir ou ser o único.

Pode deixar. Andando de volta para casa, com suas meias pretas e botas, olhando para o chão, ela pensará em você.

Tudo isso é uma generalização literária. Mas me dá licença, poeta, para uma licença poética, homenageando sem pedir licença a graça pragmática da mulher paulista.

E DAÍ QUE ACABA

Não aguento mais ouvir de uma voz feminina com amargura e rancor que não quer mais casar. Seguidoras de Paulo Mendes Campos acreditam que, se o amor acaba, pra que começar outro?

São aquelas que se casaram de branco no dia mais feliz de suas vidas, apaixonadas e entregues, e que depois enfrentaram a ira de um ciumento, as neuras de um obcecado, as fraquezas de um viciado, se envolveram com famílias alheias intolerantes, conheceram a frigidez na rotina, a traição injusta seguida por mentiras incabíveis, e decidiram pôr um fim no sonho de eternizar aquele instante em que tudo parecia fazer sentido, em que os pombinhos nasceram um para o outro e morreriam grudados num fio eletrocutado ou numa praça poluída, na alegria e na desgraça.

Para aquelas que já passaram por um ou dois casamentos e tropeçaram no degrau da separação, em que a decepção trocou de lugar com o amor, e o futuro virou poeira, não aguento mais replicar:

"Se o amor nos enlouquece, imagine a loucura que é ficar sem ele."

Para aquelas que dizem não acreditar mais no amor, proponho então experimentar outros amores e apostar nesse bilhete só de ida.

Uma noite de prazer acaba.

Um banquete acaba.

Uma viagem inesquecível acaba.

O fim de semana na ilha paradisíaca, um campeonato, o dia, o ano, o gozo, um livro, um disco, um banho de banheira e uma Nhá Benta acabam.

Como Sísifo, não por isso evitamos outros.

Os homens?

Vou lhes dizer: amamos tanto as que nos deram à luz, nos deram intuição, formas alternativas de pensar, mostraram detalhes que passavam despercebidos, exigiram atenção, dedicação, carinho, nos fizeram ser românticos, vencer a vergonha, e nos inspiraram músicas, poesias, até guerras, e nos ensinaram os diversos tipos de chocolate...

Se vocês não acreditam mais, quem acreditará? Lembrem-se de Nietzsche, que nos últimos dias numa vila italiana, com o calor na pele, viu alegria no niilismo e esperança no desamparo: "Cada passo mínimo dado no campo do pensamento livre, da vida moldada no seu formato pessoal, foi desde sempre conquistado com martírios espirituais ou corporais".

Trégua.

Que venham os clichês. Cá está o ombro para o choro da mudança de humor inexplicável e inesperada. Quer que eu apague a luz na enxaqueca? Explico com toda a paciência a regra do impedimento, quem joga contra quem, e o que significa aquele quadro no alto da tela, em que três letras, COR, vencem por 2 × 1 as três letras PAL.

Fique na cama na TPM. Trarei uma bolsa de água quente e o jantar. Sim, vamos comprar sapatos. Eu espero. Levo um livro, enquanto você experimenta todos os doces.

Adorei a cor do esmalte, o corte do cabelo. Batom vermelho te deixa mais bonita. Não, a calcinha não está marcando. Ah, põe o tubinho preto, se bem que gosto quando você coloca aquele vestidinho colorido. Não, o sutiã não está aparecendo.

Eu ligo para o despachante, faço um rodízio nos pneus, troco a bateria, reconfiguro seu computador, mando lavar o tapete, o forro do sofá, também adoro ele com almofadas indianas em cima.

Cuido de você na velhice, não trocarei você por uma adolescente que cheira a *tutti frutti*, nem pela secretária vulgar da firma, amarei a sua pele um pouco mais flácida, seus seios naturalmente instáveis, seu corpo maduro, seus joelhos frágeis. E tomaremos vinho tinto todas as noites. Prefere branco? Que celulite?

Porém a maioria de vocês conhece agora as teclas de atalho, a pressão nos pneus, sabe chamar o seguro para uma pane elétrica, e que carrinho por trás dá cartão vermelho. Tornaram-se independentes.

Pesquisa da Serasa Experian mostrou que as mulheres são a maioria entre os mais ricos do país — segundo o estudo, cerca de 4,9 milhões de mulheres e 4,7 milhões de homens participam do grupo dos mais prósperos do Brasil, as classes A e B, e que as mulheres "ricas" somam cerca de 1 milhão, e 611 mil mulheres são executivas bem-sucedidas.

E nós. Último censo do IBGE: o número de divórcios triplicou, enquanto o de casamentos formais de papel passado caiu 12%.

O amor se tornou líquido, não é, Zygmunt Bauman? "Se hoje vivemos em redes virtuais, que aproximam e afastam as pessoas, somos capazes de manter laços fortes e relações verticais?", pergunta.

Entendi, deixamos de preservar o passado e começamos a viver um presente perpétuo, a era do hedonismo e do consumo desenfreado, vazio difícil de saciar.

Desistimos da sede pelo amor?

Não, as mulheres não são o apêndice do homem, mas a fonte original da vida e a nossa razão de ser. Não nos deixem desamparados. E aprendam com as nossas fraquezas e com todos os erros.

Amar ainda é a única maneira de convivermos com a sua delicadeza e de alimentarmos nossa vocação de proteger e cuidar. Não façam do homem uma noite sem vento, um mundo sem gravidade. Parecemos tolos e infantis, controladores e insensíveis. Mas nós as amamos tanto...

Acaba mesmo?

Comece outro.

Antes que a amargura substitua o brilho dos seus olhos.

E a pieguice, a rima e as metáforas sejam extintas.

TIPOS QUE NÃO INVEJAMOS

A culpada é um tipo que invejamos?

Ela sofre. E muito. Pois sente culpa de todas as espécies e por todos os motivos. Acredita piamente que, por culpa sua, Adão e Eva causaram aquele constrangimento e foram expulsos do Paraíso, prejudicando o desenvolvimento da humanidade. E, sim, algum antepassado egípcio foi responsável pelo êxodo e pelas pragas.

A culpada recicla o lixo, pois sabe que por sua causa o mundo está acabando. A culpada pertence a muitas ONGs. Uma delas planta árvores. A culpada é *carbon free*, isto é, a sua existência não aquece o planeta, pois ela calcula com exatidão quanto de carbono e metano expele na atmosfera, e compensa o estrago nos fins de semana, plantando ipês-amarelos e ipês-roxos.

Aliás, ela está vendendo crédito de carbono, pois planta mais do que gasta. Interessa?

A culpada desconfia que os golfinhos chineses tenham sido extintos por sua causa, pois ela, no passado, inocentemente, brincou com bonecas chinesas e *videogames* chineses, usou roupas chinesas e escovou dentes e cabelos com escovas... adivinha de qual procedência? Apoiando a indústria chinesa, sente-se responsável pela poluição do Yang-Tsé e, portanto, pela extinção do golfinho chinês.

Ela desconfia que a violência nas favelas dominadas pelo tráfico também seja culpa sua, já que a tal boneca, o tal *videogame* e as escovas foram comprados, sem a sua autorização, de um camelô que vendia produtos contrabandeados e piratas (genéricos), e ela hoje em dia sabe muito bem que comprar produtos dessa procedência alimenta o crime organizado.

A culpada acredita que haja corrupção em Brasília, porque ela vota mal.

Que haja poluição em São Paulo, porque ela queimou incenso na fase *hippie*.

A culpada vive dilemas intransponíveis: compra móveis de madeira e imagina quantas florestas foram derrubadas, quantas araras-azuis estão sem um local seguro para abrigar seus ninhos, quantos micos-leões não podem pular de árvore em árvore e correm o risco de extinção por tristeza; mas, se ela compra móveis de plástico, se pergunta quantos séculos serão precisos para aquelas futilidades em que se senta, dorme e come, conhecidas como cadeira, cama e mesa, se desintegrarem; se compra móveis reciclados, imagina crianças esfomeadas, que deveriam estar nas escolas, nos lixões catando detritos.

A culpada acredita que os tênis sejam fabricados na Tailândia com o uso de mão de obra escrava. Por isso, anda descalça. Não, ela também não usa couro, já que a fronteira verde está sendo tomada pelo gado, hectares de florestas estão sendo derrubados para a plantação de soja, que alimenta o mesmo gado que, num luxo desnecessário, será transformado em sandálias, cintos e botas de couro.

A culpada não toma leite, porque sabe que o bovino é o maior emissor de metano na atmosfera. Não toma seus equivalentes de soja, pois não quer ver o Pantanal ser substituído por plantações extensivas do grão.

Ela contribui com Israel, enviando dinheiro para lá, pois, por ter olhos azuis, acredita que na Segunda Guerra teve parente seu envolvido no Holocausto. Também contribui para a causa palestina, já que, como contribui para Israel, acha injusto não democratizar recursos.

Ela se sente culpada pelo Onze de Setembro, pois quando era pequena e viajou para a Disney notou que a segurança dos aeroportos americanos não era rigorosa, já que não revistaram sua boneca chinesa, sem contar que os pilotos do avião a convidaram para visitar a cabine, ao que ela atendeu, levando sua escova de dente chinesa, cujo cabo, pontudo e afiado, poderia ter sido usado para o mal.

Ela deveria ter insistido com as autoridades locais, enviado cartas aos jornais, feito de tudo para alertar sobre as falhas.

A culpada não tem animais de estimação. Retirar bichinhos da natureza, no caso cães e gatos, e castrá-los? Logo ela que fez passeata contra a clitoridectomia das massais?

Estudou História para entender a humanidade, Psicologia para entender o indivíduo, e Saúde Pública adivinha por quê?

Acabou de se inscrever numa faculdade de Direito. Perto da sua casa. Para não queimar mais carbono. Porque a culpada não paga meia, utilizando o artifício da carteirinha falsificada. Prefere estudar numa faculdade para ter uma verídica a ser acusada de causar danos à indústria cultural e levar artistas à fome.

A culpada profissional não tem filhos, pois sabe que se sentirá culpada por não ficar mais tempo com as crianças. Ela não conseguirá matricular o seu bebê de meses numa escola. Ela não conseguirá usar fraldas não biodegradáveis. E não terá tempo para lavar as de pano, cheias de substâncias que exalam metano, por sinal. Só não sabemos se a culpada sente culpa por ser culpada.

E tem o culpado...

QUANDO ENTRA O TERAPEUTA

"Onde você estava?", perguntou o marido.

"O que é isso, controle?"

"Curiosidade."

"Na terapia."

"Na onde?"

"Tá duvidando?"

"E desde quando você faz terapia?"

"Desde hoje", ela respondeu e começou a andar pela casa, como se não quisesse alongar a conversa.

"Que terapeuta?"

"Você não conhece."

"E como você conheceu?"

"Uma amiga indicou."

"Que amiga?"

"Você também não conhece."

Claro. O único terapeuta que ele conhecia era de cães, com quem jogava tênis no clube.

Amigas que indicam terapeutas são sempre aquelas que os maridos não conhecem. As intrusas que, numa conversa de banheiro, em vez de enumerarem as novidades da indústria cosmética, sugerem terapias.

Por que têm que se meter em algo que, acreditam os maridos, pode e deve ser resolvido na intimidade do lar? Deveriam indicar um restaurante novo, um filme genial, um livro irresistível, uma *sex shop* só de produtos de grife.

"Quando você começou a pensar em fazer terapia?"

"Depois das férias."

"Depois daquela viagem paradisíaca em que acampamos na praia mais limpa e deserta no raio de 200 quilômetros, em que não choveu um dia, comemos peixes pescados na hora, não ficamos gripados, nem fomos atacados por borrachudos, bichos-geográficos, águas-vivas, piranhas?!"

"Não existem piranhas no mar."

"Não mude de assunto."

Ela entrou no banheiro. Trancou. Ligou o chuveiro. Ele continuou, através da porta:

"Por quê?"

"Achei uma ideia interessante", ela disse e entrou no chuveiro.

"Terapia não é para deprimidos, melancólicos, esquizofrênicos, paranoicos, insones, ansiosos, viciados, alcoólatras, dependentes químicos?"

"Não. É também para quem acha... interessante. E pode ser indicada por uma desconhecida num papinho em frente a um espelho de banheiro."

"Por que você não me disse antes?", perguntou assim que ela saiu enrolada numa toalha.

"Porque você está sempre ocupado, nunca repara nos meus problemas."

"Foi por isso que você foi fazer terapia?"

"É, pode ser, não tinha pensado. Será que preciso resolver isso?"

"Resolver o quê?"

"Levar isso."

"Pra onde?"

"Para o meu terapeuta."

"Seu terapeuta? Conheceu o cara hoje e já considera seu?!"

Então, tudo mudou no casamento que, acreditava ele, seguia pelo caminho seguro da maturidade, do consenso, dos conflitos tolos e do número de relações sexuais de acordo com as estatísticas da última *Vogue*.

Relação nada conturbada, comparada com outras ao redor.

"Será que preciso resolver isso?" passou a ser o argumento que encerrava toda discussão ou questionamento, até os mais simples, como por que ela preferia *pizza* de massa fina, filme dublado, sorvete de frutas, *shoyu* na salada, se vestir de preto, dormir de lado, caipirinha de saquê, carne malpassada, ler com uma lapiseira na mão, começar as revistas pelo fim e os jornais pelo caderno cultural.

Não teve jeito. Um terapeuta entrou na vida do casal. E quantas vezes ele se pegou imaginando o que conversavam, quais eram as queixas e, pior, o que ele sugeria.

Será que o desgraçado coloca minhocas na cabeça dela, sugere aventuras extraconjugais, realizações de sonhos secretos? Será que ela conta detalhes íntimos, faz comparações com outros homens? Será que arrumou um confidente, com quem ridiculariza as fraquezas inerentes a todos os maridos?

"Que linha ele segue?", perguntou um dia na fila do cinema.

"Quem, meu terapeuta?"

"Quem poderia ser?"

"Ah, sei lá..."

Sei lá?!
Não existem mais linhas?
Seria psicanálise?
Usa divã?
Estão associando os sonhos à relação dela com os pais?
Freudiana, junguiana, lacaniana?

"Acho que é uma linha que ele mesmo criou", foi a resposta que só piorou o tormento.

Ele confiava nas correntes mais "tradiças" da psicanálise, por anos e anos postas em prática, pouco empíricas, mas muito pesquisadas, debatidas, cujos arquétipos praticamente viraram senso comum. Mas uma nova linha?!

"Ah, é uma terapia alternativa?", perguntou quando se apagaram as luzes do cinema.
"Pode-se dizer que sim."
"Por quê?"
"Eu precisava resolver umas questões pessoais."
"Que questões?!"
"Coisas minhas."
"E como é? Só você fala, ele anota, ficam frente a frente, dura uma hora, analisam sonhos, você fala de mim?"
"Cala a boca!", gritou o idiota da fileira de trás, já que começara o filme.

Ele passou o filme todo se perguntando que questões seriam essas e o quanto ele era responsável pela novidade.
Será que ela era infeliz no casamento?
Será que tinha outro e precisava debater com um especialista?

Será que tinha outra?
Será que ela vai se apaixonar pelo terapeuta?

Decidiu, angustiado por tantas perguntas, que não deveria se meter.

Relaxa. Muita gente faz terapia. Vamos ver, de repente, ela fica mais feliz, realizada, mais bonita, mais tarada. Esperar. Ver no que vai dar. Afinal, é apenas uma terapia.

Pense no pior: ela poderia entrar para uma seita amazônica ou um grupo de teatro alternativo, ou um movimento de extrema direita, ou um fã-clube de uma banda de *heavy metal*.

Será que ela estava pensando em se separar?!
Claro!
Mulheres fazem terapia antes do divórcio, para ter certeza.
"Gostou do filme?", ela perguntou no estacionamento.
"Não sei. E você?"
"Preciso discutir com o meu terapeuta."
"Boa. Será ético você me contar se ele gostou?"
"Não sei. Por que você não faz terapia também? Aí, terá com quem conversar."

Entraram no carro. Ela olhou pelo espelhinho, retocou a maquiagem, ajeitou os cabelos. Um novo brilho nos olhos. Uma voz macia, diferente. Está tão mais... *sexy*.

Que merda.

Ela já está apaixonada pelo cara, ele desconfiou. OK, vou fazer terapia também. Quem sabe o desgraçado não me indica uma terapeuta? Uma bem gostosa.

QUEM AMA RECLAMA

Mauro já tinha ouvido falar dela. Os amigos diziam:
"É o seu número. Você tem que conhecer."
Ignorava, soltando a mesma máxima: "Mulher não é sapato".
Tocava a sua vida de solteiro com uma convicção que incomodava os casados. Curtia cada minuto da opção escolhida, considerada por ele o extremo de liberdade, e por outros, intolerância. Apenas poucos amigos infelizes no casamento invejavam.

Ao contrário do que propunham, ele queria algo nada sério com alguém de um mundo oposto: uma garota que morasse do outro lado da cidade, como uma operária de Osasco, ou uma cientista maluca da UnB; uma adolescente com aparelho nos dentes, que mascasse chicletes sabor framboesa; a amiga da mãe na menopausa; a garçonete *hippie* de uma boate *punk*.

Por que não uma policial militar de patente baixa? Talvez uma africana aluna de intercâmbio da USP, ou uma boliviana bolivariana e chavista, ou uma ex-guerrilheira chilena? Uma contrabandista de tênis piratas, chinesa especialista em comida baiana? Quem sabe a prima distante, vascaína fanática, esquizofrênica paranoica, sonâmbula tarada, obesa, obcecada por Roberto Carlos? Uma fã de cinema chileno, bêbada da Vila Carrão?

Tudo, menos uma que fosse o seu número.

Já que a solidão não o afetava, ele gostava de estar com muitas, o que é não estar com ninguém, diziam os amigos, pois não se estabelecem vínculos. Mauro não pretendia aprofundar intimidades, repartir frustrações, medos.

Um sujeito como Mauro vive apenas o *trailer* da relação. Quando se amanhece junto, há a trama com ações e conflitos — e se é obrigado a falar de sonhos da noite anterior —, ele já pensa na desculpa que dará, para que o amanhã seja sempre outra sessão.

Maria não estava bem no casamento.

Foi um pesadelo quando as duas amigas contaram que viram o marido boêmio com outra. Mas era ele mesmo? Uma tinha certeza, a outra não. Maria reclamou, chorou. Bem que a alertaram:

"Ele não presta, sai fora, você merece coisa melhor."

Como para ela o homem da sua vida não era "coisa", ouviu o que ele tinha a dizer. Negou, negou, negou, negou e negou. Ela disse que havia boatos. Ele voltou a negar, negar, negar e negar.

Ela conhecia as fraquezas humanas. Tolerante, e sem 100% de convicção, perdoou, sem nunca ter perdoado de fato, se é que você entende.

Estabeleceu regras. Ele nunca mais chegaria depois da uma hora. Beberia apenas socialmente. Acordariam juntos de manhã, para correr no Parque da Água Branca. Viajariam aos fins de semana para pousadas que ela escolheria. E, sim, mudariam os armários da cozinha, promessa de casamento nunca cumprida. Ele poderia jogar a pelada de terça-feira, dia em que ela sairia para beber com as duas amigas. Mas ambos, antes da uma hora, sem falta, em casa!

Claro que ela sabia muito bem que um casamento não se sustenta por estatutos, obrigações difíceis de serem realizadas, e que a confiança foi arranhada.

Claro que Maria sabia que novos armários na cozinha não bastavam para limpar uma mancha do passado. Mas era preciso acreditar na evolução. O homem era dela, ela nunca teve certeza da traição, iria continuar com o que se propôs quando se juntaram.

Terça-feira. No bar. Com as duas amigas, Maria viu Mauro, o cara que diziam: "O seu número".

Elas apontaram, é aquele do canto, sentado na última mesa, com dois amigos. Pareciam entorpecidos, pois gargalhavam. Bebiam *dry martini*. Maria acha ridículo homem que bebe *dry martini*, bebida de tia. Ela observou espantada: "É esse aí?!"

No começo, não sentiu nada por Mauro.

Mas as amigas não paravam de falar o quanto era gostoso, charmoso, divertido, interessante, ligeiramente arrogante, desleixado, desarrumado, desencanado. Exatamente do jeito que ela gostava.

Então, Maria se levantou. As amigas riram, tímidas. Jogou os cabelos pra trás e foi ao banheiro. Ficou de frente pra ele, que nem reparou nela, apesar de os dois amigos a olharem de baixo pra cima e a cumprimentarem.

Mauro estranhou os amigos pararem de rir. Estava entretido com uma mensagem que acabara de chegar ao celular.

Acabara de receber um convite irresistível, uma dermatologista de Santo André sugerindo uma noite completa: consulta na cama.

Maria voltou do banheiro. Eles se arrumaram na cadeira. Interromperam. Apresentaram Mauro. Os dois se deram as mãos sem convicção. Ela o achou um pouco *blasé*. Ele achou a mão dela fina demais. Ela se foi, e os três a examinaram. Os amigos voltaram a falar que Maria foi feita pra ele. Tinham tudo a ver. Deviam conversar, se conhecer.

Meia-noite. O restaurante esvaziou. Os três foram se sentar com elas. Claro que deixaram o casal hipoteticamente perfeito se sentar um ao lado do outro.

Foi Maria quem puxou assunto, enquanto ele recebia uma intimada da dermato: "E aí, você vem? Estou na cama com frio". Ele respondeu que esperava o trânsito melhorar, e Maria achou um absurdo o cara trocar mensagens quando ela tentava um diálogo, enquanto a dermato se perguntava se tinha trânsito à meia-noite naquela região e ele que bom que ela morava longe.

Mas foi Mauro abrir a boca para Maria sentir uma tremedeira nas pernas. Pois a sua voz rouca ressoou, e um hálito doce, alcoolizado e estranhamente perfumado a envolveu. "Desculpe, estou sendo mal-educado, mas recebi uma mensagem, o que você disse?"

Ela ficou na dúvida entre mandá-lo à merda, deixar uma grana *in cash*, se levantar e ir pra casa encontrar o marido, com quem combinou não mais chegarem depois da uma hora, ou lhe dar a humilhante oportunidade de uma segunda chance e ser menos mal-educado.

Pediu outra taça de vinho. Por que tomou a segunda atitude? Porque ninguém entende os truques que o destino oferece; e a voz da inconsciência decide.

Os amigos conversavam entre eles. Maria, didática, perguntou novamente:

"Do que é feito o *dry martini*?"

Ele abriu os olhos, sorriu e falou:

"Minha mãe ama *dry martini*. Teve a sua época... Quer um?"

"Tô no vinho."

"Melhor não misturar."

"Também acho."

"Costumo variar."

"Eu também."

"Tem dia que prefiro uísque."

"Eu também."

"Geralmente é o que se bebe em casamento, reparou?"

"Eu também."

"O porre de uísque deixa o bebum inteligente. Acompanhado de muita água, acorda-se bem. Se o armazenamento do mesmo durou doze anos ou mais", ele disse. "A não ser, claro, que tenha sido destilado, engarrafado e envelhecido em tonéis paraguaios, produzido pelas águas das nascentes do Chaco."

Ela riu. Ele era engraçado. Continuou:

"Mas não existe melhor porre que o de tequila. É o *drink* da alegria. Nos sentimos vibrantes, felizes, como solistas de um grupo *mariachi*. Sua ressaca, porém, lembra o sofrimento dos inimigos dos maias, cujas cabeças rolavam pelas pirâmides. *Mojito* tem a fórmula mágica de juntar as delícias do rum com o frescor tropical do hortelã. Como nossa caipirinha, consegue refrescar e abastecer de vitaminas."

"Eu adoro caipirinha no verão", ela disse.

"Caipirinha é a prova da nossa miscigenação: pode ser de saquê do Oriente, vodca eslava ou cachaça nacional, pode ser açucarada, adoçada, *light* ou *diet*, pode ser de qualquer fruta, doce ou amarga, vem em cores vivas como as de *kiwi* ou de frutas vermelhas, que deixariam um impressionista impressionadíssimo."

Ele se empolgou, já que ela parecia interessada: "Fazemos bebida de tudo: milho, trigo, cevada, cana, uva, alcachofra, batata, arroz, anis, maçã, combustível de carro. O vinho talvez seja a bebida mais cultuada. Bíblica, dela não se deve tomar um porre. Melhor apreciar, degustar. Ou você deseja acordar com a língua colada no céu da boca e uma sede que o delta do Nilo não mataria?"

"É?"

"Suas variações, champanhe, vinho branco, *prosecco*, apesar de populares em casamentos, deveriam vir acompanhadas por Dipirona Sódica em gotas. Dores de cabeça são comuns aos que as ingerem em excesso."

"Mas hoje você está no clima *dry martini*", ela disse.

"*Dry martini*... A bebida mais misteriosa. Não existe uma receita universal. O que mais se escuta em balcões? *Barman* exaltando a sua fórmula secreta. A discussão sobre a receita original do *dry martini* é mais polêmica do que a tese de que Lee Oswald agiu sozinho. Pode vir com a entrada: uma azeitona ou cebolinha. Este copo é exclusivo da bebida, que a galera do *cosmopolitan* pirateou. É gelado, mas esquenta. Tem um efeito psicotrópico prolongado. Altera o estado da consciência, sem dar muito trabalho aos amigos."

"Deixa eu experimentar..."

Ela deu o gole e... Não é que gostou? Ela perguntou:

"Quem inventou, os americanos?"

"Não sei. Sei que os sumérios inventaram a breja, que os ricos bebiam com canudinhos de ouro. É sabido que cada peão que erguia as pirâmides do Egito ganhava em média 5 litros de cerveja por dia. Em qualquer achado arqueológico existem mais garrafas de bebida do que moedas. Tutancâmon, o faraó daquela máscara, foi sepultado com jarras de vinho. Os gregos tinham sessenta variedades da bebida. Os romanos passaram a produzir e distribuir em larga escala. Soldados romanos ofereciam vinho de presente aos inimigos pra dominá-los na ressaca."

"Eu li *Asterix*", ela disse, e deu outro gole no *dry*.

Ele riu. Parou de falar.

Ela olhou o relógio e pediu a Deus que fosse cedo ainda.

Nada disso: 1h10.

Ela acabava de romper um pacto. Discretamente, desligou o celular e o deixou bem no fundo da bolsa.

Ele fez o mesmo.

A cozinha fechou. As mesas, vazias. Restou apenas um garçom. Ficaram ainda até as duas no maior papo. Até os três convidarem as três para irem todos dançar numa boate. Elas se olharam. Por que não?

O último garçom apagava as poucas velas. Os amigos pediram a saideira. Não queriam que aquela madrugada acabasse. Ele deixara uma médica do ABC esperando com frio e um estetoscópio na cama.

Maria sabia que o cara era um solto-no-mundo convicto.

Mauro, que ela era casada com um nada-a-ver e que não estava nada feliz, depois que viram o marido com outra.

Duas consciências pesadas?

Não muito.

Especialmente quando ela bebeu do copo dele, deixando uma doce marca de batom na borda. Especialmente quando ele esbarrou sem querer na mão dela para experimentar o vinho.

Ao devolver a taça, ela reparou na impressão labial dele na borda do cristal e sutilmente fez questão de encostar os seus lábios na marca. Ele notou. Sorriu, como se já conhecesse todos os truques. Ela disfarçou sem graça; não era para ele ver. Ele olhou seus lábios. Ela gelou de repente.

Meu Deus, o que está acontecendo?!, se perguntaram.

"Bora?"

Os amigos apressaram. Pagaram a conta. Levaram duas garrafas de vinho.

Na calçada, listaram as opções: Playba, Retrô, Hipster, D.Edge, Pé pra fora, Inferninho, Love Story. Gay, hétero ou mista, rock, eletrônico, *vintage* ou MPB, pop, coxa ou regional? Forró? Sambão? De raiz?

"ALOKA...", alguém sugeriu.

Riram. ALOKA, inferninho surpreendente. O único em que não se consegue prever o que vai rolar, e como pode acabar.

"Vamos parar na ponte?", Mauro perguntou.
"Que ponte?"
"Vamos!", Maria, empolgada, gostou da sugestão.

A ponte estaiada toda iluminada, com cabos que lembram uma garfada de espaguete, já apelidada de "estilingão".

Pararam o carro no acostamento, com o pisca-alerta ligado. "Vem, não tem perigo", Mauro puxou Maria. Descera por uma escada. Há um espaço amplo e vago entre a ponte e o rio. Dizem que seria um restaurante.

Correram por ela. Sentaram no parapeito. Tomaram vinho sobre o rio Pinheiros fétido. O vento frio ressoava nos cabos. Era como se uma orquestra afinasse antes do concerto. Brindaram a urbanidade tóxica. Só quem mora na cidade vê beleza nas iluminadas intervenções de concreto que aparentemente ligam o nada a lugar nenhum. "Parece um sutiã", ela disse.

Numa ALOKA apertada, Maria se grudou em Mauro. Que respeitosamente a defendeu do empurra-empurra. Dançaram. Perderam-se dos amigos. Dançaram de tudo e beberam de tudo. Ele checou o relógio.

"Preciso ir embora", ele disse.

"Fica mais um pouco", ela pediu.

Mal se escutavam. Ele entendeu o recado. Passou os braços pela cintura dela. Cercados por desconhecidos. "Vem comigo", ele disse. Ela colou o seu corpo no dele. "Não posso", ela respondeu. Tinham a mesma altura. Tinham ambos o rosto claro. Tinham ambos olhos pretos, cabelos pretos, lisos. Estavam ambos de azul-marinho. "Pode sim", ele disse. E parecia que se conheciam há uma eternidade. "Em que mês você nasceu?", ela perguntou. "Ótimo", ele respondeu. E a levou.

Amanhecia, e escutavam Lhasa de Sela no sofá da sala do apartamento dele. O labrador dourado que fazia companhia era do tamanho do labrador preto dela. Liam o mesmo Dostoiévski, ela descobriu: *O sonho de um homem ridículo*.

Na varanda, um pé de mexerica era visitado por maritacas. No canto, um canteiro com ervas, chás. Foram pra cama só depois de ela experimentar o seu capim-limão.

Meio-dia. Ela entrou no último carro do metrô. Sentou na última fileira. Ou primeira, quando ele voltar.

Triste?
Tensa?
Emocionada.
Encantada.
Assustada.
Encorajada: sair da trincheira e ir adiante, sob fogo cruzado.

Um encontro desses aparece uma vez na vida. Aparece para se repensá-la e recalcular o plano de voo. Para derrubar convicções. Seria uma injustiça deixá-lo entre as boas lembranças. A vida é uma só, Maria sabe muito bem. Se algo novo tem a força de apagar decepções que não são esquecidas, é preciso acreditar nas surpresas casuais. É preciso acreditar na evolução.

Abriu o livro que levava na bolsa. Exatamente na cena em que Phoebe, a mulher do protagonista, descobre a amante.

"A mentira é uma maneira vulgar e desprezível de controlar a outra pessoa", ela leu.

Chegou em casa.

O marido estava no sofá com o labrador preto nos pés.

Nem o cão fez festa.

Não precisou de meia palavra, já que tudo se revelou. O cheiro do cigarro se misturava ao da mentira. Mentir seria humilhá-lo, pensou. Sim, dormi com outro, já estou a fim dele. Queria que o marido abaixasse a cabeça e, como um potro vencido por um garanhão que o surrou, deixasse o pasto para curar suas feridas na solidão do vexame.

Mas surpreendentemente ele começou a chorar, depois a esbravejar, depois a agredir, depois a xingar.

Ela percebeu que não seria fácil e, pior, que ela é que teria de partir, se quisesse resumir o presumível.

Com alteridade, enquanto ela enumerava as razões, evitando contar que descobriu o homem da sua vida em doze horas, ele se dizia injustiçado por um pérfido boato de que a traíra.

Ela não se alongou.

Pegou o essencial, enfiou numa mochila verde e foi para a casa da mãe.

No dia seguinte, ele estava na sala com a mãe dela, esperando. Mais queixas, pedidos de desculpas, acusações. Mais promessas de um futuro promissor: "Deixa eu mostrar que sou alguém melhor".

As confusões se alastraram.

Ela? Pena, muita. Por isso, pegou a mochila verde e foi para a casa da amiga, aquela que o viu com outra. Deixou genro e sogra indignados. Falando sozinhos.

Outro dia. Ela ficou louca quando olhou no retrovisor e viu o marido a seguindo de carro. Justamente na noite em que reencontraria Mauro.

Moleque, pensou! Acelerou, e o moleque a imitou.

Entrou em ruas vicinais, passou faróis vermelhos, ignorou lombadas. E o insistente sem desistir. Ela decidiu parar numa praça calma. Ele parou metros atrás. Ela saiu do carro. Ele, não. Estava apenas seguindo. Não queria conversar nem nada. Ele aumentou a música que tocava no seu som: *"Eu vou tentar, mesmo que eu não ganhe nada com isso, eu preciso salvar o mundo..."*

A banda que aprenderam a curtir juntos. Maria não acreditou em tamanha prepotência. Voltou para o carro e arrancou.

Entrou no *shopping* a toda, parou na primeira vaga, correu até as escadas rolantes, subiu a desligada — dois andares —, saiu pela entrada e pegou um táxi no primeiro ponto.

É preciso apostar na felicidade.

Chegou pontualmente ao apartamento de Mauro, que abriu a porta de banho tomado. A casa cheirava a xampu. Beijaram-se na porta. As pernas dela tremeram. Ele sorriu: "Que linda". Então, o interfone tocou. Ele logo adivinhou problemas. Ela sentou no canto do sofá e acariciou o labrador. O porteiro informou. "O marido dessa senhora que acabou de subir está na portaria. Ele está calmo", o porteiro foi lacônico.

Mauro olhou para Maria e, procurando disfarçar a apreensão, avisou: "Seu marido está aí".

Ela levantou num pulo, fez cara de paciência-tem-limite.

Contou que saiu de casa havia dois dias, que ele não se conformava e hoje a seguiu. Mauro, para organizar a confusão e surpresa, resolveu ser prático: "Você quer que eu o dispense?" Ela balançou a cabeça que sim.

Claro que Mauro não foi pessoalmente. Nem passou pela sua cabeça duelar por alguém que mal conhecia, aquela de quem sempre falavam ser "o seu número".

Pediu ao porteiro que dispensasse com educação o requerente, e chamasse seguranças dos prédios vizinhos se as circunstâncias assim exigissem.

Ficaram Mauro e Maria em silêncio.

Momento ideal para ele se alongar na habitual tarefa de abrir um vinho, girando o saca-rolhas com mais precisão, cheirando a rolha, examinando a bebida contra a luz, enquanto calculava o que fazer se a situação fugisse do controle.

Ela foi para a varanda, checar a vista, o céu e a consciência.

Ele checou as portas trancadas. Aumentou o som e serviu o vinho.

Mauro desceu na manhã seguinte para comprar pães e queijos. Perguntou ao porteiro se tudo bem. Ele disse que o rapaz chorou, coitado, confessou que não fez nada, que não merecia, que boatos de uma traição chegaram ao ouvido dela, tudo falso, que aquelas amigas o detestavam, faziam propaganda contra, que ele a amava, iam ter filhos.

"Deu pena, seu Mauro. Eu disse: o senhor é jovem e bonito, tem a vida pela frente. Ele foi embora quinze minutos depois. Cabisbaixo. Chorando."

Ele agradeceu envergonhado.

Fez as compras na padoca da esquina.

Temeu ser atacado pelas costas. Pior que não sabia quem era, nem como. Mas, como o adversário não forçara nada na noite anterior, era provavelmente da paz, e nesta altura, indicam os manuais do atraiçoado, se conformava sussurrando no gargalo de um destilado.

Mauro subiu com as compras, levou o café da manhã para ela na cama.

Ficaram sem sair de lá. Ela desceu até o térreo vestindo só a velha camiseta do colégio dele, pegou a mochila verde que a amiga deixou na portaria e subiu voando.

Ficaram grudados na cama e na TV, acompanhando um pré-jogo do Corinthians. Sim, torcem para o mesmo time. Discutiram cada contratação do ano. Apoiaram a nova camisa, que encomendariam na primeira oportunidade. E não é que ela sabe de cor *"Aqui tem um bando de louco, louco por ti, Corinthians, pra aqueles que acham que é pouco..."*.

Sim, ela adora futebol! E é pé-quente. O Timão ganhou naquela tarde. Sugerir um cineminha? Que nada. Ambos preferiam filminho na cama.

No dia seguinte, Maria e Mauro se deram bem em tudo.
Assustadoramente perfeita a convivência.
Acordaram no mesmo horário, trabalharam com seus *laptops* sem sair de casa. Tudo se encaixava, tudo era simples demais, tudo era feito em acordo, nada de negociações traumáticas. Tomaram banhos juntos. Cozinharam juntos. Experimentaram diferentes receitas de *dry* pesquisadas no Google, caipirinhas de todas as frutas, gostavam até do mesmo sabor de Halls.

Dias se passaram. O casal nunca discutia. Nunca discordava. Um dava força para as esquisitices do outro. As piadas e brincadeiras se encaixavam, só eles riam.

Se ficassem em casa, era a melhor coisa do mundo, se acordassem depois do meio-dia, era a melhor coisa do mundo, se saíssem para comer, sempre acertavam o que o outro tinha em mente. Se fossem dançar, aplaudiam ou renegavam o mesmo *DJ*.

Você já sacou onde isso vai dar. Parece óbvio, inexplicavelmente dolorido.
Amavam-se demais. Talvez não fosse o certo?

A amiga ligou. Precisava de um *help* urgente.
Ela saiu voando.
Ao entrar no apê dela, surpresa, seu marido, em pé na cozinha, com o labrador preto. Ficaram os três muito tempo em silêncio. Ele quebrou o gelo. Não disse muito. Três frases podem ser destacadas nesse encontro. E quem relata é a amiga:

"Quando ela o viu, ficou estranhamente serena. Me olhou surpresa, mas não com raiva por eu ter de uma certa maneira organizado aquele encontro. Depois ele disse, deixa eu me lembrar... 'Você não me deu a segunda chance.' Engraçado, disse depois uma frase em latim da qual não me esqueço: '*In dubio, pro reu*'. É um termo jurídico: 'na dúvida, a favor do réu'. E a terceira frase foi algo como 'já aprendi a lição'. Tão simples, né? Reclamou muito do exagero da vingança. Se ele teve apenas um caso, como todas nós suspeitamos, ela estava largando uma vida, uma família. E falou, falou, falou... Não ouvi mais. Deixei-os a sós, me culpando por eu ter sido a responsável por aquela confusão, ao contar que o vi com outra. E confesso que àquela altura eu já duvidava de mim mesma. Se fosse chamada a depor, certamente um bom advogado de defesa encontraria contradições no meu testemunho."

Resultado.

Ela voltou para o ex-marido, que nunca lhe deu estabilidade, em quem nunca confiou. Por quê? "Porque tem gente que adora uma confusão", teorizou a amiga, que foi à casa de Mauro pegar a mochila verde, que o mesmo deixou na portaria. "Ele não se deu ao trabalho de me receber, perguntar por Maria. Porque sacou, quando ela não voltou naquela tarde, sacou de cara que ela voltara pra casa, que era uma... como vocês homens dizem? Uma roubada."

Fato. Mauro não ligou, não foi atrás. "Não vou atrás de quem gosta de problema", disse aos amigos. O que fez? Procurou a dermato do ABC, que o perdoou pelo sumiço.

Foi a amiga blogueira de relações amorosas quem diagnosticou: "Tá na cara que você tem medo do amor e prefere se relacionar com alguém que ama menos do que com uma mulher que possa trazer grandes inseguranças. Não tem gente assim?"

Uma lição simples e precisa se extrai desse caso de amor malsucedido, continuou a amiga:

"A vida não é um comercial de margarina." "Como não existe unanimidade na receita de um *dry martini*."

"Sem conflito não há história. Quem ama reclama. Você nunca conheceu os defeitos dela e vice-versa. Nunca a amou na adversidade e vice-versa. Um casamento só se sustenta quando um conhece as fraquezas do outro. Pois é com elas que se consegue perdão para as próprias", resumiu na linguagem de blog.

Às vezes, Maria se vê pensando nele. Imagina como teria sido a sua vida se tivesse ficado com Mauro. E lamenta algo profundamente, o que nunca contou pra ninguém: se ao menos ele tivesse vindo atrás... Meses depois, uma notificação no celular, uma mensagem. Dele.

DIVÓRCIO

Os três pediram café; um curto, um carioca e um descafeinado. Rodrigo, homem de poucas e sábias palavras, manteve-se calado na maior parte do tempo, enquanto os outros dois...

"Quem é o seu melhor amigo?", Mário perguntou.

"Você?"

"Quem livra a sua cara de situações embaraçosas, resgata você à meia-noite quando o carro pifa, dorme com você em hospitais, paga a sua fiança, se for necessário, vira o seu fiador, seu guarda-costas, seu para-raios?"

"Você."

"Você me conhece, quem é o seu amigo mais fiel?", insistia Mário.

"Você."

"O mais contraditório?"

"Você."

"O mais doido, insatisfeito, incoerente?"

"Você."

"E o mais sedutor?"

"Você. Disparado."

Chega o café e a conta.

Mário se oferece para pagar.

E narra: "Não sou sedutor ortodoxo convicto, nem tenho o dogma como ideal de vida. Passei a praticar depois que a... vocês sabem o nome... me largou. É um comportamento dúbio: querer me vingar, sair com o maior número de mulheres, e ao mesmo tempo sofrer de escassez amorosa. Vieram muitos rancores por ter sido já largado não por uma, mas por duas mulheres que eu amo. Amava. Aquelas. Vocês sabem de quem estou falando. Agora procuro em cada mulher um novo atalho, que me tire desse estado".

"Que estado?"

"De carência induzida. Procuro uma mulher que me faça esquecer. Como não encontro, testo, e me comparam a um galinha. Só existe uma pessoa que pode me salvar."

"Quem?"

"A tua mulher."

"Oi?"

"Você ouviu."

"Ouvi, mas..."

"Mas o quê?"

"A Lúcia?!"

"É."

"O que tem a Lúcia?"

"Tudo."

"Tudo o quê?"

"Tenho pensado nela. Eu queria ter algo com ela."

"Com a Lúcia?!"

"Você é meu amigo, não fique ofendido."

"Ter o quê?"

"Uma história, uma relação."

"De amor?"

"Sexual. Eu queria ter um caso com a sua mulher."
Olharam o garçom passar o cartão e retirar o comprovante.
Olharam a fumaça do café.
Como se nela houvesse explicações.
"Eu queria ir pra cama com..."
"Tá, tá, não precisa repetir, porra."
"Olha o nível...", interrompeu Mário.
"E seria a única pessoa que pode te tirar do estado de carência."
"Ah, você concorda com ele", disse então Rodrigo.
"Cala a boca! Estou chocado."
"Comigo?", perguntou Mário.
"Com a Lúcia. Não imaginava que ela tivesse esse poder."
"De despertar desejos?"
"De sedução."
"De curar? Não me leve a mal."
Ele olhou para Rodrigo, que bebericava o seu carioca.
"O que foi?", perguntou Rodrigo.
"Você ouviu o que ouvi?"
"Lógico."
"E você não vai falar nada?"
"O que eu posso fazer?"
"Me ajude a esganá-lo!"
"Mas é o seu melhor amigo. Se não rolar sinceridade entre amigos, não é amizade. E, ora, a Lúcia é um mulherão. Dos três, você é o mais sortudo", disse Rodrigo.

Era o pacto.
Dos três, ele era o único casado.
E vivia desdenhando a mulher, Lúcia.

Reclamava do seu temperamento, seus temperos, suas tendências, suas crenças.

Os amigos Mário e Rodrigo chegaram antes ao restaurante e combinaram. Porque eram os seus melhores amigos, resolveram provocar e demonstrar interesse por Lúcia, para que o amigo parasse de invejar a vida dos solitários desquitados quarentões amargurados que, acreditava, tinha mais sentido do que a sua.

Rodrigo retomou: "Lúcia sempre foi a melhor e é ainda a mulher mais... desculpe... tesuda da cidade. Você não sabe o que ela provoca com aquele sorriso? Ela é interessada em tudo, conversa, faz perguntas, fala de todos os assuntos sem o menor constrangimento, tem humor, uns dentes lindos, sabe se vestir com discrição, sabe como andar, tem olhos cor de mel que, quando bate o sol, ficam verdes, fora aqueles braços com pelinhos loiros, ela é maluquinha..."

"Tá, tá, tá!"

"É uma coisa, mesmo!", concluiu Mário.

"Não fala assim!"

"Melhores amigos falam tudo."

Ele se levantou tonto. Nunca imaginou que Mário fizesse uma proposta tão indecente.

"Nem por 1 milhão de dólares!", ele disse e saiu fora.

Os amigos enfim riram da provocação:

"Também, não é assim uma Demi Moore."

"Nem você é o Robert Redford."

Ele dirigiu a noite toda pela cidade.

O celular tocava, ele via, era Lúcia, não atendia.

Guiou por todas as ruas da infância e adolescência.

Depois, cruzou viadutos com nomes de militares.

Passou por floriculturas e joalherias.

Até voltar tarde para casa. Bem tarde. De mãos vazias.

Entrou na ponta dos pés, como um ladrão invadiria uma casa desconhecida.

Lúcia dormia. Que linda. Olhou para a mulher. Encanto. Ela é deslumbrante mesmo. Tesão. Tesudaça! Lembrou-se das afinidades. Tomou um banho sorrindo. Uma coisa. Que coisinha!

E se enfiou na cama sem acordá-la.

Então, em vez de abraçá-la com toda a força, se virou para o lado e começou a tremer de medo. Pânico. Uma mulher daquelas, ele não conseguirá segurar, o primeiro que usar as palavras certas leva, os amigos, o chefe, o professor de meditação, um garçom do Ritz, do Spot, do Habib's, um cineasta pernambucano, o Rodrigo Santoro, o Raí!

Eu sou um merda, um nada, e me casei com a mulher mais incrível, atraente e discreta da cidade, tesão, e nem reparava mais em tanto brilho no olhar, nem nos pelinhos loiros, nem no humor, nos dentes, ela se tornara comum, Lúcia, a patroa, a rotina, radiopatroa, estorvo e entrave de uma vida sexual variada e dinâmica, e não a divindade que inspira poesia em todos os cantos.

Ele se levantou da cama.

Olhou para os lados.

O pânico se tornou incontrolável, terror.

Suava. Falta de ar.

Você não a ama mais.

E ela o largará logo, porque é muita areia para o seu...

Sem acordá-la, abriu as gavetas e começou a fazer as malas. Deixarei o caminho livre, musa!

Quando escutou a voz meiga de Lúcia.

"Mor? Que tá fazendo?"

"Desculpe. É inevitável."

"O que você tá fazendo?"

"Não adianta me impedir."

"Impedir o quê?"

"Cedo ou tarde..."

"Tá tarde, amor, vem pra cama, vem. Tá uma delicinha aqui..."

Ela abriu o lençol. Apareceu de corpo inteiro, camisetinha branca, sem roupa de baixo.

"Nossa, como você é perfeita..."

"Quem me dera. Vem me abraçar. Tá frio."

Ele se sentou ao lado dela e, antes de beijá-la, ela deu um arrotinho e riu envergonhada.

"Ops. Desculpe. Foi o quibe cru. Tinha muita cebola", ela disse.

Ele sentiu o hálito forte subir. Tirou os sapatos e se deitou, para aquecer aquele corpo que era só seu.

TRÊS É BOM

Anos atrás, eu e um amigo também escritor nos apaixonamos pela mesma mulher, uma atriz de teatro com voz marcante, um corpo perfeito, boêmia, culta, poeta nas horas vagas, que canta, dança, sapateia, faz mágica, joga pôquer, tranca e gamão, e tem um monótono figurino no armário, apenas minissaias e botas.

Era o tipo de mulher ideal para um escritor, pois sabia ser caseira e paciente na hora certa, e baladeira e inconveniente na incerta.

Ela estava no elenco de peças que ensaiávamos. Às tardes, comigo, às noites, com ele. Nas madrugadas, íamos comer, beber, conversar, rir e nos fotografarmos abraçados.

Até confessarmos simultaneamente o nosso amor.

Nós dois descobrimos o quanto ela nos inspirara. O quanto aqueles ensaios giravam em torno dela, como ocorrera nas leituras. Talvez, até, como profetas, o quanto ela se encaixara nos nossos personagens, que pareciam ter sido escritos apenas para ela, antes de a escalarmos. Nenhuma outra atriz conseguiria fazê-los.

E, juntos, a pedimos em casamento.

Ela adorou. Mas, claro, profissionais que somos, sabemos que uma relação amorosa não pode se desenvolver numa pré-produção. Especialmente enquanto ela descobria os personagens. Talvez depois da estreia. Nossa atenção devia estar focada apenas no propósito e na difícil missão de levantar um espetáculo.

Estrearíamos na mesma época. Na mesma cidade. Minha peça seria exibida aos fins de semana. A dele, no horário alternativo (terças e quartas).

Enquanto não estreávamos, bolamos os três uma forma de lidar com aquele impasse. Meu amigo propôs.

Depois de duas semanas de peça, tempo suficiente para ganhar voo próprio, alternaríamos nosso amor, dividiríamos a rotina sem culpa, ciúme. Dia sim, dia não, ela moraria com um de nós. Dias pares com ele, dias ímpares comigo.

Mas ela reclamou que precisaria de um dia de folga, afinal, mulheres têm seus misteriosos afazeres e desejos, amigos *gays*, amigas tagarelas sempre em crise na relação e em busca de conselhos. E muitos ex para lidar.

Então decidimos. Segundas, quartas e sextas com ele. Terças, quintas e sábados comigo. Domingo era a folga dela. Que iria para a sua casinha viver o seu mundo paralelo e fazer sobrancelha, depilação, massagem linfática, pés e mãos.

Desenvolvemos melhor o projeto ambicioso. Não iríamos buscá-la na casa do outro, para evitar encontros desconfortáveis. Pagaríamos a sua condução. Faríamos um inventário dividindo nossos bares e restaurantes preferidos.

Metade para ele, metade para mim.

Mas o mais importante: as comparações estavam terminantemente proibidas.

Jamais ela revelaria detalhes da noite anterior, em que estava com o outro.

Não diria o que fizeram, o que comeram, a que assistiram, se ele prefere bem ou malpassado, balsâmico ou limão, com gelo ou sem, se ronca, dorme de conchinha, se é mais carinhoso ou mais estilo local de um forró de Trancoso, se gasta tempo com preliminares, dorme de pijama, sentiu frio ou calor na noite anterior, prepara o café da manhã, escreve de dia ou de noite, tem um Mac ou um PC, prefere Beckett ou Brecht, *jazz* ou *blues*, *Mad Men* ou *The Wire*, se sabe quem é quem em *Game of Thrones*, se assina um jornal impresso ou lê pela internet, se *twitta* ou insta assim que acorda, quais *blogs* lê, se coloca despertador para acordar, escova os dentes após as refeições, usa cuecas, meias, anda pela casa de Havaianas legítimas ou não, ou descalço, se gato ou cachorro, rinite alérgica, colesterol alto, pressão baixa, qual o tipo sanguíneo, se adoça o café, lava a louça só no dia seguinte, arruma a cama, liga do fixo ou do celular, em qual banco tem conta, se vê filme pirata ou é contra alimentar o crime organizado, se eles tomam banho juntos, lê quadrinhos, se também odeia axé, zapeia muito, ou nem ligam a TV, se ele tem insônia, frita na cama ou se levanta e vai fazer um chá de erva-cidreira, ou prefere camomila, se prefere dinheiro ou cartão com *chip*, quantos pontos tem na carteira, se usa iTunes, Media Player ou Spotify, se passa fio dental todos os dias, põe a camisinha ou pede gentilmente que ela seja colocada, se a impressora é a *laser* ou jato de tinta, compra flores pra casa, quais móveis da Tok & Stock tem, carrinhos de brinquedo na estante, clássicos, que compra em sebos, cinzeiros roubados com o logo dos bares, se bebe água em copos de requeijão, prefere do filtro ou mineral, com gás ou sem, gelada ou sem gelo, se o refri é *light* ou zero, em garrafa ou lata, se prefere cerveja no copo, se tem manias, mau humor, se fala sacanagens na cama, se beija de olhos abertos.

E, por último, imprescindível, para que tudo desse certo. Jamais saberíamos o número de vezes que ela atingia o clímax com o outro.

Estreamos as peças.

    Ela mandou bem.

    Foi elogiadíssima por todos.

    E nos emocionou.

    Entregou-se às personagens.

    Fez de verdade.

    E começou a namorar outro ator, de outra peça, que nem sabíamos que tinha estreado, de um teatro maior, que ficou muito mais tempo em cartaz e, detalhe irrelevante, fez muito mais sucesso do que as nossas. Galã que a tem todos os dias, exceto aos domingos, que é nosso na mesa de um bar, em que continuamos nos fotografando abraçados. E sonhando em repartir o indivisível.

TIPOS QUE INVEJAMOS

O solitário é um indivíduo invejado?

É um ser que se basta. Que, aparentemente, não se importa com o silêncio, o escuro, é prático, não costuma expor intimidades, vontades, portanto, nunca saberemos se ele não se importa de estar quase sempre só nem se é feliz em ser solitário. Ser solitário pode ser vantajoso: em vez de uma garrafa, uma taça; em viagens, escolhe um apartamento *single*.

Não sabemos em quem vota, quem apoia nem se conhece o desagravo. Sabemos que viaja sozinho, mas não temos certeza, já que não há registros em álbuns ou redes sociais. Solitário não vai a Paris ou Nova York. Prefere Hong Kong, Lituânia e Croácia.

Se o seu desejo é não se comunicar, busca lugares e línguas desconhecidas.

Às manhãs, o solitário encosta no balcão da padaria. Uma média com pão na chapa. Só. Apenas diz bom-dia para o balconista, que o atende há anos. Sorri rapidamente e se concentra no jornal, que compra na banca, não assina. Porque solitário compra as publicações na banca. Faz compras aos poucos paradoxalmente para não se sentir só. Compra um bife de cada vez, um leite de cada vez. Não faz estoque, não tem despensa, já que, ciente da sua solidão, gosta de circular. Um solitário jamais faz compras pela internet. Nem joga jogos que não solitários jogam pelo computador. Nem entra em salas de bate-papo. Porque ele não é carente, apenas solitário.

Na padaria, ninguém sabe onde mora. Muito menos o seu nome. Apesar de, todas as manhãs, há anos, o solitário encostar no mesmo canto do balcão. Acreditam que ele não gosta de futebol. Porque nem repara na TV ligada no canal esportivo, que absorve a atenção dos outros fregueses.

O solitário vai para o trabalho de metrô. De táxi, teria de conversar com o motorista. De ônibus, com o cobrador. Ele fica em pé, no canto do trem, para não ter de se sentar com alguém que possa puxar um assunto. Um solitário não sabe conversar espontaneamente.

Antes de um encontro, ele planeja o que dizer, as frases que vai usar, as opiniões que vai emitir. Ele pensa antes se concordará ou não com a política municipal, estadual e federal. Escolhe observações que não polemizam, "pois é, incrível o que estão fazendo com a nossa cidade". E ninguém sabe se está elogiando ou criticando.

Frases de único intuito: tornar o mais breve possível o diálogo, já que o solitário não é de muita conversa.

A segurança do prédio de escritórios sempre barrava o solitário. Ele é invisível, apesar de trabalhar naquele local há anos, tempo em que acompanhou a evolução da segurança, que de um *hall* livre passou a ter porteiros, depois seguranças terceirizados, depois guaritas. As atuais guaritas eletrônicas com biometria e crachás com *chips* e, para os visitantes, balcão com pequenas câmeras e micros, que cadastram qualquer indivíduo que pise naquele chão de granito branco, o salvaram do constrangimento de impedirem a sua entrada.

Mas mesmo com o crachá com *chip* acionando o verde da guarita, liberando-o, o segurança de plantão olha desconfiado e se pergunta: "Como nunca vi este cara aqui?". É costume, QAP, perguntar sutilmente à Central se há registro de crachás roubados.

O solitário chega ao trabalho e vai direto para a sua baia. Nela, não há cores vivas, não há fotos de parentes ou amigos, nem recados ou correspondência, apenas o seu computador. É limpa, como se ninguém trabalhasse nela.

A maioria do escritório acredita que o solitário seja *gay*. Ou melhor, um *gay* que nunca saiu do armário. Porque nunca o viram com nenhuma mulher. Nem com Lucila, secretária nova que ficou a fim dele, provocou, mas ele nada. Portanto, é *gay*, concluíram.

Mas também nunca o viram com ninguém. E *gays* costumam ser sociáveis e festivos. O cara, não, era apenas solitário, não gostava de homem nem de mulher, não gostava de se relacionar. Lucila dava bronca em todos: "Por que vocês, seus machões, acham que um homem sozinho é *gay*?"

O solitário é muito eficiente no trabalho. Almoça sozinho em restaurantes. E nem abre um livro para disfarçar. Almoça sozinho olhando para o vazio.

Não se preocupa em esconder que é, sim, senhor, um solitário.

O solitário vai ao cinema sozinho, compra uma Coca *light* gigante só para ele, e, se alguém se senta ao seu lado, ele fica constrangido, controla-se por alguns minutos, até não aguentar e, numa explosão de sentimentos confusos, se levantar e mudar de lugar.

Todo solitário é magro. Pois não come fora de hora, não bebe muito, não se entope de petiscos de botequim.

Solitários têm amigos.

Mas nunca telefonam para eles.

Eles vão a festas.

Não dançam.

Encostam-se nas paredes e olham os que dançam.

Circulam bastante, porque gente concentrada e muito barulho os atormentam.

Os carentes precisam trocar *e-mails* e mensagens com dúzias de amigos, ter mais de mil seguidores no Twitter e no Instagram, e cinco mil amigos no Face. São daqueles que não só aceitam todos que se convidam como convidam os desconhecidos.

A maior curiosidade que o solitário desperta: se é um indivíduo que inveja os não solitários. O solitário é só por opção ou traumas o tornaram solitário?

LUANA, A NOIVA

Festa de casamento boa é aquela cujo uísque é mais velho do que a noiva.

Foi no que ele pensou quanto entrou no salão e se refletiu nos seus olhos o brilho da garrafa de um Scotch *blended* envelhecido em barris de carvalho na bandeja de um garçom que aparentava já estar para lá de bêbado.

Aceitou a primeira dose. Olhou para a esposa, sorriu, ofereceu um gole, que foi recusado, e brindou:

"Agora sim..."

Por que o alívio?

Escapou da cerimônia religiosa e civil, mas não da festa, em que não conhecia ninguém. Nem Luana, a noiva.

Era da turma de ioga da mulher, que compareceu em peso. Ela o apresentou a todos, um por um. Ele esquecia os nomes na apresentação seguinte.

Nunca fora aos eventos organizados por eles. Mas apoiava quando havia as viagens nos primeiros fins de semana de cada mês para retiros, pois, além de ela voltar mais relaxada, deixando para ele o carro, a TV e o apartamento livres, trazia pão de cereal integral, geleia, mel e queijos artesanais preparados pelas freiras do convento, onde se trancavam para praticar de sexta até domingo.

Aliás, foi uma bênção aparecer essa ioga na vida do casal. Antes, ela andava estressada, deprimida, enjoada dos antigos amigos e antigos programas.

Encontrou uma nova família e se tornou a melhor amiga de Luana, jovem com quem passava o dia no espaço de nome indiano, que ele nunca decorou, planejando viagens ao Oriente e a outros retiros, que eles chamam de cursos de formação, para falar mal de outras práticas, outras linhas, outros espaços, outros mestres, outros alunos e retiros.

O presente que ele deu de aniversário de casamento foi um *mat* de ioga novo e roxo. O de Natal, roupas confortáveis, próprias para a prática. E no aniversário dela, a assinatura da revista *Yoga Journal*.

É bom ver alguém assim empolgado. Especialmente por algo que faz bem ao corpo e à mente.

Ela ficou mais bonita, viva.

Acabou a insônia.

Mais gostosa, sim.

A pele melhorou.

As perninhas finas se definiram.

A cintura ganhou forma.

Até a bunda aumentou.

Três vivas para esses indianos raquíticos que inventaram uma prática que deixa as ocidentais mais tesudas e disponíveis ao esforço de outras práticas.

Ciúme?

Claro. Trancava-se com uma gente mais jovem — todos lindos e saudáveis, coloridos, vívidos, como Luana. Gente disponível que adora respirar e acordar antes do sol, adora caminhar, praticar ao ar livre, almoçar às 11h, jantar às 18h, dormir cedo, num ambiente sem TVs, rádios, sinuca, carteado, mas com palestras e discussões vespertinas: os *workshops*.

Ele duvida que não rolava uma galinhagem naquelas viagens. É contra a natureza humana tamanho celibato. Mas a esposa voltava tão leve e refeita, e os praticantes de hataioga pareciam se importar mais com mantras do que com cantadas, que ele não se incomodava.

Porém, ele não sabe precisar exatamente quando tudo aquilo começou a irritá-lo.

Já tinha passado da fase de distinguir *ashtanga* de *iyengar*, já sabia que não se fala posição, mas postura, ou *asana*, que ficar de pernas para o ar é *viparita karani*, e a postura da ponte que o fascista do seu professor de Educação Física da escola obrigava toda a classe a fazer é *setu bandha sarvangasana*.
Ela nunca insistiu que ele trocasse a sinuca com os amigos pela prática de ioga, o que o intrigava. Mas quis que quis que ele conhecesse a turma.

De tanto insistir, ele foi parar no casamento cujo uísque era mais velho do que a noiva, Luana, a quem ela tanto elogiava. E, para a sua sorte, a cerimônia era organizada pela família do noivo, o que garantia uma festa com todos os requintes fundamentais: uísque 25 anos, bufê, mesa de doces, banda ao vivo e cigarros, charutos, provavelmente baseados, carreiras, drogas sintéticas, tudo o que danifica pra valer o corpo e a mente.

Foi então que ele finalmente conheceu a noiva, uma garota com olhos castanhos brilhantes, um rosto redondo, cabelos loiros, corpo perfeito, sorriso de parar uma guerra troiana, que o abraçou por trás na hora da foto, bêbada, feliz, encostou o seu corpo no dele, como se os dois se conhecessem há milênios, e, sem querer, o beijou na boca, satisfeita por conhecer o marido de quem a amiga falava tanto.

Beijo que demorou anos para ser esquecido. Ele teve a intrigante sensação de que a noiva o abraçou mais forte e o beijou mais intensamente do que o cerimonial aconselhava. Ao final do cumprimento, a noiva riscou seu dedo no pescoço dele e piscou.

Ele passou a festa mudo, com os olhos fixos na noiva, encantado. Em toda a sua vida, nunca encontrara uma mulher tão fascinante.

Apaixonou-se. Buscou mais uísque. Quebrou o protocolo. Seguiu a noiva. Tentou tirar outras fotos abraçado, sem êxito.

Tirou a noiva para dançar. Conseguiu ficar até a metade de *Eu sou terrível*, de Roberto Carlos, colado nela. Sentiu seu suor, a respiração, os dedos dela novamente passeando pela sua nuca, sentiu o seu hálito. Olhou seus olhos brilharem de felicidade.

Até o sogro escandalizado os separar.

E a mulher irritada o levar embora.

Meses depois, surpresa.

O telefone tocou. Luana à procura da sua mulher.

Ele soube então que o casamento não deu certo, que o noivo a deixou ainda na lua de mel depois de confessar que tinha outra, uma sedentária viciada em alfajores e churrasco gaúcho.

Ele não conseguiu se controlar e sorriu de alegria.

Enquanto a mulher dele virou confidente da abandonada, ele planeja os próximos passos. Por que não largar o tênis e a sinuca? Perguntou à mulher:

"No meu caso, o que seria mais indicado, *ashtanga* ou *iyengar*?"

AÍ É *TOO MUCH*

Depois brotará o vazio no pasto da solidão, e ela perguntará antes de dormir para seu confidente, o travesseiro: "Não é melhor ser menos exigente? Quem vai cuidar de mim quando ficar velhinha? Até lá, vamos curtir, *baby*..."

Ela jamais diria que a solteira é aquela que perdeu a ocasião de tornar um homem infeliz. Acreditava nas relações. Apostava no amor. Sua solteirice? Temporária, posta em xeque.

Queria apenas curar a ressaca da separação recente. Farreando, por que não? Queria por um período aliar a independência financeira com a afetiva. Queria se divertir sem parar, ir ao cinema sozinha, viajar com amigas e amigos, reclamar que todos os homens são tolos e infantis, e que os caras mais lindos, *gays*.

Porém, a fase festiva sofreu dois grandes baques:

1. O ex-marido se juntou com uma garota que não precisava de sutiã, luzes no cabelo nem maquiagem, e andava enjoando em demasia; o peito tinha aumentado, e a barriga, começado a ficar redonda. Aquele ex que nunca quis ter filhos. Mudou de ideia ou foi forçado a?

2. O anúncio de que a melhor amiga, de quem recebia convites para as melhores festas, com quem saía todos os fins de semana e aprendeu a ser

adolescente depois de madura, viajava nos feriados prolongados, desabafava sobre as loucuras do ex e as idiossincrasias das paqueras, estava... namorando! Com um garoto interessante, cheio de amigos interessantes que trabalhavam juntos num coletivo interessante e faziam projetos de interesse social, tecnológico e, além de tudo, sustentáveis.

Claro que ela refez os planos, baixou a guarda, deixou a teimosia no armário e flutuou pela correnteza da vida. Até enroscar numa curva e ser seduzida por Pedro, que tocava pandeiro no grupinho de pagode do coletivo, que se reunia no *happy hour* às sextas-feiras. E que fez tudo certo: a esnobou até o limite, xavecou no momento preciso, investiu com as armas apropriadas, disse o que precisava ser dito e, enfim, a beijou exatamente quando a brecha apareceu depois de gentilmente trazer a quinta latinha.

Pedro foi um mestre. Conquistou o grande troféu, a solteira mais cobiçada. Recebeu reconhecimento dos amigos e adversários. Mas o convívio... Sempre ele a denunciar nossas incongruências.

Pedro é daqueles que atendem celular no elevador. Viciados em UFC. OK, é um segmento forte do mercado. Que buzinam para os carros da frente assim que abre o farol. Tudo bem, ela dizia para si, nem tudo é perfeito. Que param em vagas de idosos no *shopping* e ainda contam vantagem: "Dentro de estabelecimentos comerciais não podem multar".

Um dia ele implicou com a unha vermelha dela. "Não é coisa de empregada?", disse ao entrar no carro quando ela foi pegá-lo, desviando do caminho, num dia de congestionamento recorde, sem ao menos passar na sua casa, para não se atrasarem para o sambão do coletivo, para o qual trocou o almoço pela manicure.

Calma, garota, não seja exigente. Sou suficientemente lúcida para admitir que não existe o par perfeito, ilusão, escapismo utópico inventado pelos românticos, e que exigir de alguém o mesmo comportamento social que eu é um exercício de fraqueza narcisista de pessoas problemáticas que só conseguem se relacionar com o espelho.

Sustos apareceram no primeiro jogo de futebol pela TV que viram juntos. Ela não era fanática. Nem o ex. Gostava, assistia, e que ganhasse o melhor.

Já Pedro... O time dele disputava cabeça com cabeça a liderança do campeonato com o de maior rivalidade. Xingava o juiz e os bandeirinhas sem economia. O fato de uma bandeirinha ser mulher incrementava os impropérios: "Vaca, piranha! Vai pra cozinha, filha da mãe!" Ela achava engraçado porque quando a decisão do outro bandeirinha, homem, era colocada em dúvida, sua heterossexualidade também era.

Quando o zagueiro do próprio time deu uma furada, expressões de preconceito social foram proferidas sem nenhum sentimento de culpa: "Burro! Imbecil! Se pensasse direito, não seria jogador de futebol!"

Quando o time fez um gol, a gritaria foi suficiente para matar de vez todos aqueles com problemas cardíacos na vizinhança. No apito final, palavras de carinho e solidariedade foram proferidas quando ele abriu a janela e começou a gritar: "Chupa, desgraçados, filhos da pu%$! Toma, seus via#$s do car%&*$!" O tempo que ele ficou se comunicando aos berros homofóbicos com outros vizinhos aliados e adversários foi suficiente para esvaziar o estádio.

Então, como se diz no jargão do esporte bretão, o que era promessa virou dúvida. Mas, antes de um julgamento sem direito a defesa, ela ouviu do travesseiro: "Egocêntrica, não consegue conviver com ninguém, perdoar, aceitar as- diferenças, passará o resto dos dias sozinha! O problema está em você! Perdeu a prática, menina. Vamos. Vai dar certo".

Ficou surpresa quando numa manhã viu na rede social que ele mudara o *status* para "um relacionamento sério". Surpresa, lisonjeada e receosa. Pedro jogava publicamente um estatuto de responsabilidades. Já está na hora de alterarmos o *status*?

À tarde, o pânico tomou conta. Ele mudou a foto do perfil. Não era mais aquela em que beijava o escudo do time, mas uma foto dos dois, isso mesmo, dele com ela, abraçados no sambão, olhando para a lente, cada um segurando uma latinha, foto de que ela nem se lembrava, em que, por sinal, ela estava péssima, de retinas vermelhas e com a testa enrugada. Parecia uma tia e seu afilhado.

Antes mesmo de ela sugerir que aquela foto não era apropriada, recebeu uma mensagem com outra foto deles abraçados anexada, em que ela estava pior, com a sugestão: "Se quiser usar no seu avatar".

Foi o fim. Celular no elevador, impropérios futebolísticos, comentários desrespeitosos que exaltam a luta de classes, parar em vaga de idosos e implicar com esmalte vermelho... Mas foto de casalzinho no perfil individual de rede social? Aí é *too much*.

Sua resposta foi um calculado: "Pedro, precisamos conversar".

SEPARAÇÃO

Atordoado.

Foi como ele ficou, porque ela saiu da sala de embarque e o cumprimentou com um beijo no rosto. Casados há sete anos. Beijo no rosto?

Que afronta.

Que falta de cuidado.

Que bandeira.

Não comentaram o assunto. Mas o olhar dela não procurou o carro, e sim o olhar dele. Portanto, é lógico que ela também se surpreendeu com a afronta, a bandeira, o gesto exageradamente burocrático.

Há uma semana viajando. Seu marido a busca no aeroporto. De surpresa. Espera na calçada. O carro em frente, o risco de ser multado. E como ela agradece? Com um beijo no rosto, seco e inaudível.

Caminharam para o carro resumindo as prioridades:

"Não esqueceu de nada?"

"Pagou o IPVA atrasado?"

"Tem bateria no seu celular?"

"Ligou para o seu pai no aniversário dele?"

Desceram a Vinte e Três de Maio em silêncio. Há nove anos eles se conheceram. Há sete se casaram. Há meses eles mal se encostavam. Ela sempre dormia antes. Desde quando se conheceram, ela dormia antes. Um hábito que não levava em conta quem acordaria primeiro no dia seguinte.

Ultimamente, ele entrava no quarto, e ela já dormia de costas, com a cabeça longe.

No começo do namoro, iam para a cama com uma regularidade que irritava os amigos, quando as comparações eram trazidas à mesa.

Nas viagens para a casa alugada na praia, causava admiração constatar que os novos namorados não saíam do quarto. Nem para o pôquer com feijão.

Claro que com o casamento a frequência caiu.

Às vezes, uma semana sem transar.

Cíclico: havia semanas em que não se desgrudavam, meses em que não se tocavam, viagens em que dormiam em camas separadas, férias em que ficavam colados como um cometa e a cauda. Então, as estatísticas atolaram num pântano perigoso: duas vezes por mês; uma vez por mês. A quantidade reflete a qualidade de um casamento? Qual é o ideal, se é que existe?

Quando os encontros passaram para a média de uma vez por mês, o alarme tocou. Não conversaram sobre isso. Ela era a mesma linda sedutora de antes. Daquelas que envelhecem com metamorfismo: sai a casca juvenil, e se liberta a mulher-feita.

Ele até emagreceu depois de muito esforço e de começar a correr junto com ela. Por que não transavam mais, se eram os mesmos que se apaixonaram no primeiro encontro?

Porque não eram mais os mesmos.

Só na avenida Brasil ele voltou a falar. Perguntou como foi a viagem. Demorou tudo isso, porque temia a resposta. Se ela dissesse "foi ótima", estava esclarecido o beijo no rosto; foi muito melhor do que ficar com você, naquela nossa rotina de merda, na nossa casa em que nem trepamos mais, até encontrei um pescador meio índio que me virou literalmente do avesso e me fodeu como um reprodutor sobe numa égua.

Mas ela não respondeu e acendeu um cigarro, olhou através da janela. Ele se irritou. A sua indiferença ante o tornado de pensamentos e ódio e medo e indecisões que se formava assustava. E depois ela fumava para irritá-lo. Ele tinha parado de fumar seguindo um pacto de ela o seguir, mas ela, que fumava só eventualmente, e não como ele, viciado compulsivo, não cumpriu o combinado.

De raiva, ele ligou o rádio na estação de *rock* e aumentou no *punk* dos Ramones, que dançou tanto na adolescência. E cantou:

"We're a happy family, me, mom and daddy, sitting here in Queens, eating refried beans..."

"Baixa um pouco, vai", ela pediu.

"Por quê?"

"Abaixa...", ela adocicou a voz.

Obedeceu.

Sempre lhe obedecia quando ela pedia docemente.

Ela deve estar pensando no nativo deitado sobre ela, pescando para ela, subindo em coqueiros para trazer um coco fresco, cabulando os seminários que sua empresa organizou, dançando lambada, agarrada num cara cuja cintura mexe mais do que um peixe tirado da água, enquanto o otário aqui...

Na avenida Nove de Julho, ele resolveu jogar duro:

"Não vai falar como foi a viagem?"

"Cansativa. Desculpe. Estou exausta."

Ele esperava qualquer resposta. Menos cansativa. Cansativo é ficar neste inferno de cidade do caos. Ninguém se cansa num *resort* numa ilha baiana, a não ser que se envolva com um nativo e se canse de tanto sexo, sexo que já não pratica em casa.

"Você sabe há quanto tempo não trepamos?", ele perguntou.

Ela assoprou a fumaça no rosto dele, jogou a bituca pela janela e respondeu, ligeiramente *blasé*:

"Você fez as contas, é?"

"Fiz. Sabe?"

"Quanto?"

"Três."

"Semanas?"

"Meses!"

"Três meses? E isso é muito ou pouco?"

"Muito."

"Você quer parar naquela praça agora? Já!"

"A questão não é essa."

"E qual é?"

"Por que não transamos mais como antigamente?"

"Não sei. Por quê?"

Devolver a pergunta foi a resposta mais eficaz.

"Isso mesmo, por quê?"

Afinal, não era só dela a culpa, se é que culpa seja o termo a ser empregado. Cabulando... Ele riu de ter pensado neste verbo tão escolar. Precisa se lembrar de contar ao terapeuta que no meio de uma DR apareceu a expressão "cabulando os seminários".

"Por que casais param de transar?", ele perguntou.

"Não sei. Por quê?"

"Tesão acaba."

"Acaba?"

"Acabou?"

"Não. Sei lá. Acho que não. Acabou?"

O carro parou no congestionamento. Ele pegou um cigarro da bolsa dela. Acendeu no acendedor do carro. E disse, sereno:

"Acho que o casamento acabou. E o tesão foi consequência. Tudo o que tinha de bom ficou no passado. Por isso a gente não transa mais. O presente é só 'quem paga o IPVA?', 'ligou para o seu pai?'. Rotina."

"Você quer se separar."

Ele tragou e a imitou devolvendo a pergunta:

"Você quer?"

"Porque a gente não trepa mais."

"Não é um bom motivo?"

"É. Que chato. Acabar um casamento por causa de sexo."

"Da falta de", ele corrigiu.

"Sem sexo, não dá, né?"

"É um sintoma. O primeiro que aparece."

"Sintoma?"

"De que as coisas não andam bem."

"E se as coisas não andam bem, é melhor parar."

"É. Acho que é. Não sei. É?"

Embicou na garagem. O portão se abriu. Entrou com o carro em marcha lenta, até encontrar uma vaga no final, no canto da lâmpada queimada há dias.

Ele desligou o carro.

Olhou para ela.

Escorria uma lágrima do seu rosto.

Ele a abraçou.
Beijaram-se.
Ela desatou o cinto e se sentou no colo dele.
Ele inclinou o encosto do banco para trás.
Não mais atordoado.

JOELHOS

Sexta-feira, fim de tarde. Campinas. Eu e Mauro costumávamos pegar o ônibus das seis. Passar o fim de semana em São Paulo: rever famílias, amigos, a cidade. Estudávamos na Unicamp, mas voltávamos todos os fins de semana.

Sentamos.

Ele na janela, eu no corredor.

Ambos com cara de estudantes, *jeans* surrados, cabelos longos, livros, apostilas, barbas malfeitas, abertos para experiências e ainda com crenças em utopias.

O ônibus estava para partir quando ela entrou com o seu acompanhante bem mais velho, chapéu de vaqueiro, mal-encarado. Seria um posseiro ou um matador. Nela, um vestido de linho, cabelos bem tratados, morenos, escorridos. Pele bem cuidada.

Nossos olhares se uniram.

Sentaram na fileira de trás.

Não sei quem na janela, quem no corredor. E eu não tinha nenhum motivo para me virar e checar. Somente uma apostila para estudar.

Na estrada, bancos arriados, luzes apagadas, silêncio. Só eu lia. Já no primeiro pedágio a vista cansou. Dobrei a apostila. Apaguei a luz. Eu me acomodei melhor. Estiquei as pernas. Deitei as costas. Descansei os braços, deslizando o cotovelo pelo apoio do corredor, num movimento involuntário.

Quando senti a frieza da pele do joelho do passageiro de trás no meu cotovelo. Um esbarrão. Uma passageira. O dela.

Num ato instintivo, ela o retirou num susto, e corrigi a postura, o braço, para não invadir o espaço alheio.

Mas minha pele não se esquecia da dela. Queria conferir novamente a sua textura, temperatura, forma. Eu não podia nem devia. Porém, todos dormiam ao redor.

O escuro do ônibus era eventualmente cortado por faróis de carros que vinham na direção contrária. Apenas o teto se iluminava. Eventualmente.

Escorreguei desta vez voluntariamente o meu braço para trás. Meu cotovelo invadiu a área destinada às pernas da passageira do banco traseiro. Deixei-o lá, solto no ar. Não era uma posição incômoda. Combinava com a postura de quem busca o descanso. Ofereci.

E o não virou sim.

Ela encostou de leve o seu joelho nele.

Senti novamente a temperatura, a textura. Não a forma. Pois encostou e tirou. Não bruscamente. Deu um cutucão simpático.

Deixei o cotovelo à espera de outra provocação.

Que veio.

Encostou e tirou. Encostou com mais força e tirou com menor rapidez. Um jogo?

Seu joelho se divertia com o meu cotovelo. Não brincava. Seduzia. Namorava. Sua pele também queria conhecer a minha textura e temperatura.

Ia e voltava. Esfregava e parava.

Eu precisava rever o seu rosto. Que desculpa inventar para me virar de repente? E se o seu acompanhante, posseiro ou assassino, de poucos amigos, estivesse acordado? E se outros passageiros notassem e me denunciassem?

Poderia pedir fogo. Naquela época, fumava-se em ônibus, e estávamos na fileira de fumantes. Mas Mauro fumou no caminho antes de escurecer. Saberiam que naquela fileira tinha fogo.

E tinha.

Poderia perguntar as horas. Mas teria antes que esconder, sem ninguém perceber, o meu relógio de pulso. Uma caneta?

Sim, um estudante, cuja tinta da caneta acabara, que se lembrou de um pensamento, com o balanço do ônibus e a escuridão dos elementos que desconcentram, que precisava ser anotado com urgência na apostila.

É, uma caneta.

Para um universitário, fundamental como uma arma para um soldado.

Ainda sentado, virei apenas a cabeça. Olhei o corredor vazio, os passageiros apagados. Olhei para o seu rosto. Ela sorriu ao me ver. Uma dúzia de malícias nos seus olhos. Não descobri se seu acompanhante, fora do campo de visão, dormia. Ela, há-há...

Bem acordada, brilho no olhar.

"Você tem uma caneta para me emprestar?"

Nem se surpreendeu com a pergunta.

Provavelmente, esperava que eu me virasse e tomasse uma atitude, apenas para que nos víssemos e checássemos se estávamos bem alertas e conscientemente nos tocando através de um joelho desnudo e um cotovelo invasor.

"Hum-hum", ela respondeu negativamente e sorriu, como se soubesse que eu não precisava de caneta.

Ainda grudei meus olhos nos seus por dois segundos, aqueles dois segundos que são mais significativos do que muitos séculos.

Voltei para a minha posição. Recoloquei o meu cotovelo no vazio do espaço das pernas de trás. E ela, nada. Nada. Nada. Até encostar o seu joelho nele e, desta vez, não tirar.

Escorreguei mais o braço, e agora era a pele do meu antebraço que roçava seu joelho, que passou a me apertar, acariciar.

Ela se acomodou, se largou, agora era a perna que se encostava em todo o meu braço. Eu o movia com movimentos circulares sutis, ainda apoiado no encosto, e ela esfregava sua perna nele, apoiava, pressionava, escorria.

Enfim, deixei cair meu braço para trás.

Ela abriu as pernas e o pressionou com os joelhos com força como se o escondesse entre eles e o quisesse só para si. Minhas mãos passearam pela batata de sua perna, e ela se inclinou mais. Pele lisa, seda, linho, fria, que quando eu subia a mão, esquentava.

Estiquei o braço para trás. Ela o apertou com a força de suas pernas. Girei o braço e encaixei a minha mão dentro do seu vestido. Abandonei-a por ali, intrusa, aquecida por suas coxas.

Ela, em movimentos mínimos, a namorou.

Consumiu-se.

Meus dedos passearam pela penugem rala.

Provocaram.

Tocaram.

Ela deixou.

Ela quis.

E ganhou, enquanto todos dormiam pesadamente.

Entramos na cidade. As luzes agora invadiam as janelas. Meu braço estava de volta. Cheirei a minha mão.

Rodoviária da Barra Funda. Todos despertos. Portas abertas. Deixei ela e o acompanhante passarem, e fui atrás com o amigo. Descemos do ônibus nos olhando discretamente.

Na fila do táxi, eles exatamente na nossa frente. Nós nos namoramos secretamente, sorrindo e em pânico. Algo indicava que nunca mais nos veríamos. Vi desta vez: seus joelhos eram os mais lindos de todos.

Seu acompanhante entrou no táxi primeiro. Ela se virou para mim e olhou um adeus triste. Desesperado. Sem desfecho.

E se foram.

Não comentei nada com Mauro, com quem rachei o táxi.

Pelo caminho, cheirei outras vezes a mão.

Nunca mais a vi. Por onde anda? O que será que fez da sua vida? E como estarão os seus joelhos? Desde então, concluí: são as partes mais lindas de uma mulher.

O COMEÇO DO FIM

Quando você começa a sair com uma pessoa, os sentidos ficam aguçados, a linguagem corporal é observada: tique, jeito de andar, de sentar, pedir comida, cumprimentar o garçom, comer, entregar a chave para o manobrista, dirigir, respeitar a faixa de pedestre, vagas para deficientes e idosos, dar passagem e ligar o pisca.

Checam-se gostos pessoais, figurino, lustre do sapato, tamanho do salto, autenticidade do relógio, joias e *CDs* do carro, marca do celular e o toque. Uma relação pode não dar certo se o toque de chamada for estridentemente musical ou o hino do time detestado.

Os mais diretos perguntam logo no primeiro encontro quais as doenças recorrentes na família.

No fundo, desenvolve-se o instinto mais fundamental da espécie: procurarmos e selecionarmos o saudável parceiro reprodutor.

Como a civilização avançou e instituiu rituais de acasalamento, nos perguntamos então se está ali a mulher ou o homem da nossa vida, a quem seremos fiéis na alegria e na tristeza, na saúde e na doença etc.

Muitos encontros são marcados por redes sociais.

E são baixas as chances de eles se realizarem se uma das partes solta: "Vou estar passando daqui a pouco."

"Vamos marcar para meio-dia e meio?"

"Pode ser amanhã? A tempos que naum me sinto tão mau. Deve ser o calor..."

"Vamos se falar amanhã então."

Bem. Neste caso, como são dois semianalfabetos tecnológicos, pode até dar certo.

Se a etapa da comunicação for vencida, e o interlocutor sabe que "pra" não tem acento, as diferenças de "mal" e "mau" e quando usar "por que" e "porque", algumas frases ditas entre o *couvert* e a sobremesa são suficientes para indicar que talvez ali, tomando aquele vinho caro, todo efusivo, não esteja o reprodutor (ou a reprodutriz) ideal:

"Tocantes as declarações de Ahmadinejad. Fala a verdade, alguém tem provas do Holocausto? Isso é exagero dos judeus. Não tenho preconceitos. Minha dermato é judia. Se eu tivesse, nem deixava ela encostar em mim. Os melhores médicos são judeus. Fazer o quê? Sabia que o nazismo era de esquerda? Está no nome: Nacional Socialismo."

"Pra mim pagar essa conta, vai pesar no orçamento. Bebe este vinho com gosto, curtindo cada gota!"

"Saudades do Maluf. O cara mudou a cidade. Minhocão, Marginais. São Paulo ficou bem mais bonita."

"A nível de governo, na época da ditadura não tinha essa violência. Tem que colocar a Rota nas ruas! Rota, Exército, Marinha, Aeronáutica e a Guarda Florestal! Só tem animal solto por aí."

"Bom mesmo era na época da ditadura. Não tinha corrupção, o Brasil crescia, não tinha nada de sem-terra, sem-teto... Todo mundo tinha alguma coisa."

"Uma vez fiz sexo com o time de futebol da faculdade. E não era o de salão. Nem estava bêbada."

"Desde que esses nordestinos vieram pra São Paulo, a cidade nunca mais foi a mesma."

" Resolver o crime? Tinham que jogar uma bomba em cada favela carioca antes dos Jogos Olímpicos."

"Que ator é o Van Damme. Fora que é o mó gato. Ficaria com ele fácil. Só perde para o Steven Seagal, que é um ator mais denso."

"Quer ir lá em casa? Não tenho bebida. Mas chegou um carregamento da Colômbia. Purinha. Galera até soltou fogos."

"Eu transo sem camisinha. Mas tomo cuidado, transo com quem conheço. Eu confio nas minhas transas. Só quando vou no Carnaval pro sul da Bahia, aí, sei lá. Ah, pra que encanar com isso? Conhece Itabuna?"

"O melhor do Paulo Coelho é *Veronika decide morrer*, leu? O final é chocante. Ela não morre! Ih, contei o final..."

"Tenho *piercing* em cada orelha, na língua, no pescoço, nos bicos dos seios, no umbigo e... Terá que descobrir os outros. Tenho mais sete."

"Na minha casa ou na sua? Vou avisando que durmo na cama com meus quatro cachorrinhos. Ah, somos inseparáveis. São *pit bull*, mas são de confiança e não têm pulgas. Tudo bem, nem gostam de dormir de conchinha."

"Eu só viajo de primeira classe. Acho a comida da executiva um lixo. E o aperto?"

"Minha apneia do sono é grave, mas convivo numa boa com ela. A da minha avó é pior. Ela dorme na cama ao lado. E é sonâmbula. Doidona. Quer ir lá conhecer? Mas precisamos levar uma garrafa de Bell's. Ela só dorme com uísque nacional."

"Teatro só vou em Nova York. Vi *Cats* mais de vinte vezes. Acho que da última finalmente entendi o final. Mudou a minha vida."

"Mais gata que a Ivete só a Cláudia Leitte. E como cantam..."

"Meu sonho é entrar para o *BBB*, todo ano me inscrevo. Mas, se rolar um teste pro programa *A Fazenda,* também pego."

"Meu pai que é esperto, trabalhou com o Youssef, Os irmãos Batista, Odebrecht, Marcos Valério. Cresci com esses caras lá em casa jogando Banco Imobiliário. Agora, meu pai quer abrir uma *offshore* comigo no Caribe. Relaxa, o nome dele não apareceu na Lava Jato. Ainda. Sou um laranja dele desde pequenininho. E ano que vem tem eleições."

"O filme da minha vida é *O guarda-costas*, com Whitney Houston e Kevin Costner. Aliás, o disco dela não sai do meu carro. Tô louco pra baixar o disco em que ela canta com a Mariah Carey. Animal, né? Adoro aquela. Canta comigo *I'll Always Love You*. Tô até arrepiado. Chorei tanto na morte dela…"

Neste caso, rache a conta e saia fora.

SUSAN

Não existe prazo de validade. Ninguém sabe ao certo quando começa e por quê. Pode vir acompanhado de um grande trauma ou uma decepção irrevogável.

O imbróglio simplesmente aparece e desespera alguns casais. Não há lei que o impeça.

Foram alertados na cerimônia religiosa. Sede fecundos, prolíficos, crescei, multiplicai e enchei a Terra.

"Que o marido cumpra seu dever em relação à mulher, e igualmente a mulher em relação ao marido. A mulher não dispõe do seu corpo, mas sim o marido. Igualmente o marido não dispõe do seu corpo, mas sim a mulher. Não se recusem um ao outro. Coríntios sete", alertou o padre.

No entanto, para alguns casais, surge uma indisposição noturna: os corpos não estão dispostos, um recusa o outro. Se a exceção vira rotina, a crise se instala.

Os primeiros informados são os amigos mais próximos. Com um questionamento aparentemente banal, entre o prato e a sobremesa:

"Qual a frequência para um casamento saudável?"

Depois do café, ao pedir a conta, vem o desabafo que põe os pingos nos is: "Nós não transamos mais."

Os amigos sempre partem para a defesa da transparência:

"Vocês já conversaram sobre isso?"

Sim, já conversaram, se perguntaram, procuraram explicações, deram até um Google em busca da cura, estatísticas e palavras de especialistas tarimbados de blogs.

Já conversaram sobre isso antes de dormir, depois de acordar, durante o café da manhã, o jantar, no Natal, Carnaval, Páscoa, férias.

E já tentaram fantasias óbvias, como a de se pegarem em espaços públicos e espaços alternativos — debaixo do chuveiro, na escada de emergência, dentro do carro.

Já compraram apetrechos de todos os formatos em *sex shops*.

Já se escravizaram, algemando o outro na cama. Já se lambuzaram de mel, de sorvete. Tentaram outras posições. Chegaram a assistir a vídeos pornôs, com o pacto de imitarem tudo aquilo que era exibido na tela.

Ambos queriam solucionar o entrave. Queriam um casamento com sexo constante. Amavam-se mais do que tudo. Não entendiam por que de repente não conseguiam se concentrar. Ou por que riam quando deviam sentir prazer.

Pensaram até em procurar o padre que os casou. Mas como um homem celibatário, que segue as palavras de Deus, daria dicas que apimentassem a relação?

Seguiram o conselho número dois dos amigos: terapia de casal.

Ele não levou a sério quando se viu na primeira sessão ao lado da mulher diante de um cara com sotaque argentino numa mesa de escritório.

Pois enquanto ela falava sem parar da relação pai e filha, ele só pensava em perguntar se realmente o psicanalista acreditava que Maradona era melhor do que Pelé, ou seria Messi o melhor de todos?

Chegou a desconfiar que o profissional ria internamente das queixas do casal, e se dizia:

"Incompetente. Se fosse *yo*, com esta guapa..."

Não voltaram para a segunda sessão, a que começaria a ser paga.

"Casa de *swing*", aconselhou um amigo mais rodado.

Demoraram semanas para ir. Ouviram experiências alheias. De casamentos que melhoraram e de outros que acabaram depois de uma visita.
    Perguntaram-se como deviam se comportar. Se seriam apenas espectadores da proposta inusitada ou se mergulhariam fundo e visitariam todos os ambientes. Juntos ou separados? E o ciúme?
    Foram.
    Vestiram roupão.
    Esperaram na sala principal.
    Observaram casais mais atirados e os contidos, como eles.
    Conversaram com um gerente de banco casado com uma operadora de *telemarketing*, piloto e copilota de avião, fisioterapeutas, terapeutas ocupacionais, fonoaudiólogas e um síndico. O síndico do condomínio deles, que agarrou todas as mulheres, bebeu cinco uísques e os intimidou.
    Foram embora quando um *sushiman* elogiou as pernas de sua mulher e passou a analisá-las como se fossem a tira de um salmão cru.
    Riram muito na saída. Concordaram que casa de *swing* é mais brochante do que trepar em quarto de motel com muito botão para ser apertado. Chegaram em casa, e cada um dormiu no seu canto da cama, como de costume.

Decidiram relaxar.
    Eles se amavam.
    Não se importavam com as consequências daquela abstinência que, esperavam, torciam, seria temporária. Decidiram aproveitar o tempo de sobra e frequentar cinemas de arte, exposições de vanguarda e peças de teatro em locais não convencionais.

Jogaram sinuca, dançaram dança de salão, comeram sanduíche grego, se embebedaram, se perderam em estradas de terra, participaram de cultos africanos, se benzeram e nunca foram tão felizes, apesar da falta de sexo.

Falavam sobre isso com tranquilidade.

Há no mundo de hoje uma pressão forte para uma vida sexual intensa e, por isso, vazia, concluíram. O hedonismo tira o charme de um casamento, se justificavam, o da cumplicidade sem tamanho.

E viajaram para fora. Israel, Egito, Madagascar, Tailândia. Visitaram safáris, casas de massagem, exibições de técnicas de pompoarismo, daquelas em que se expelem dardos e se furam balões.

Em Las Vegas, depois de ganharem uns trocos num cassino, entraram numa casa de *peep show*. O cardápio oferecido: *show* com aeromoça, enfermeira, colegial, sadomasoquista, dona de casa.

Escolheram o último.

Foram encaminhados a uma saleta escura.

Enfiaram uma nota de 50 dólares na máquina.

Abriu-se a cortina.

O cenário, do outro lado do espelho falso, era uma cozinha simples.

Apareceu Susan, uma loirinha que parecia figurante de *Baywatch*. Que, animadinha, começou a cozinhar e a rebolar. A tirar a roupa e se esfregar em colheres de pau, pepinos e cenouras, se lambuzar com azeite e vinagre.

Até parar.

Estranhou o silêncio dos pagantes.

Olhou pela fresta do espelho.

E viu um casal se amando loucamente. Como se não se encostassem há anos. Como se o mundo fosse acabar em segundos. Foi Susan quem assistiu e se excitou, sem pagar.

DICAS PARA UM CASAMENTO DURADOURO

Poucos ficam indiferentes quando numa cerimônia religiosa o padre pergunta: "Promete ser fiel na alegria e na tristeza, na saúde e na doença, amando e respeitando até que a morte os separe?"

Os homens se entreolham. Será que consegue?

As mulheres torcem.

As céticas abaixam a cabeça.

Parentes das duas famílias miram o altar, encaram os noivos, esperam a resposta zelando pelo seu.

Já houve caso de pessoas que tiveram ataque de risos diante do padre. No entanto, não se sabe se algum noivo pediu: "Defina ser fiel".

E se a noiva respondeu: "Cala a boca, seu canalha, você sabe muito bem do que ele está falando".

Ou se houve a réplica: "Tudo bem. Ser fiel na alegria e na tristeza. E no tédio, o que fazer?"

E a tréplica: "Esqueci de contar, amor, sabia que papai me deu de presente um AK-47 e farta munição, que ele ganhou graças a serviços prestados para o PCC?"

Há muito se discute se é possível manter um casamento seguindo os preceitos (ou a utopia) da fidelidade. Homens e mulheres se dizem incapazes de seguir o sermão à risca. Cada parte encontra justificativas darwinistas.

Dizem eles: a seleção natural contesta a fidelidade, já que o macho precisa espalhar seu sêmen pelo maior número de fêmeas, para garantir na reprodução a sobrevivência da espécie.

Dizem elas: a fêmea fica na moita, observa o comportamento dos machos e escolhe aquele mais forte, para aprimorar o gene do grupo, e se aparece outro mais forte, viril e galã da novela, ela tem que mudar de parceiro.

Bem, você está cansado de ouvir esse papo furado. Mas foi no início da revolução sexual que se começou a elaborar os princípios do casamento aberto. Aquele em que não é preciso pular a cerca, basta atravessá-la calmamente, já que está escancarada.

A ideia foi amadurecendo, muitas verdades do casamento passaram a ser questionadas e novas fórmulas apresentadas, como as casas de *swing* e o *ménage à trois*.

Aponte uma mulher que não ouviu do marido após o ato: "Não me leve a mal, eu te amo, você é linda, mas... E se você chamar uma amiguinha para nos assistir? Nem vou encostar nela. Juro. Só para apimentar a nossa relação..."

O casal de filósofos franceses Sartre e Simone de Beauvoir é reconhecido como o primeiro a propagar que não havia trancas nem fechaduras nem arames no seu matrimônio.

Bem, alguns acreditam que Simone descobriu só depois do porre e do sim que Sartre não era exatamente um modelo de exuberância física, além de caolho, e teria proposto a novidade.

Outros afirmam que eles precisavam de estímulos externos, já que o sexo entre dois existencialistas nunca se completa. Um costuma parar no meio do ato e perguntar: "Mas se a essência vem antes da existência, nós não existimos, e nada faz sentido?" E ficam aterrorizados pela dúvida até alguém pegar no sono.

Imagine que um casal consiga, enfim, chegar a um consenso e estabelecer uma rotina madura em um saudável e bem resolvido casamento aberto. O diálogo entre eles causaria estranheza para quem vê de fora. Mas não internamente:

"Gato, vou jantar com o Mário. Sem piadinhas."

"De novo?"

"Não. Será a primeira vez."

"Na semana passada, você jantou com Mário, até dormiu com ele."

"Aquele foi o Rômulo."

"Que Rômulo, eu conheço?"

"Você ficou com a mulher dele no nosso *réveillon* da Costa do Sauípe."

"Belas costas... Antes ou depois da meia-noite?"

"Antes. Depois você ficou comigo."

"É mesmo... Que farra. Rasguei o seu vestido a dentadas."

"Não, deve ter sido com a mulher do Rômulo."

"Tem certeza?"

"Eu já estava pelada, não se lembra?"

"Por quê?"

"Porque vi os fogos no mar com o Arnaldo."

"Arnaldo?"

"Cuja mulher você papou no Carnaval de Porto de Galinhas."

"Galinha... Claro, como era o nome dela?"

"Você acha que eu devo ir pra cama hoje?"

"Com quem?"

"Com o Mário. Sem piadas. É nosso primeiro encontro. Se eu ficar com ele já no primeiro encontro, ele pode me achar uma vadia. Tem homem que gosta de charminho."

"Se ele te chamar de vadia, eu processo ele."

"Fico ou não fico?"

"Fica logo. A vida é uma só."

"Estou gata?"

"Está linda."

"Ele vai me achar atraente?"

"Se não achar, liga para o Rômulo."

"Mas a calcinha está marcando?"

"Está uma delícia."

"Com lenço ou sem?"

"Sem."

"Com sutiã ou sem?"

"Sem."

"Com batom ou sem?"

"Amor..."

"Que foi?"

"Sei lá, está me dando uma coisa agora..."

"Ciúme?! Ah, gato, nem vem! A gente combinou."

"Não, isso não. É que você está tão linda sem batom, sutiã, lenço, com a calcinha marcando que..."

"Que...?"

"Que me deu uma vontade de... Nada não. Vai jantar com o Mário. Melhor dar logo. Tem também os caras que detestam mulheres enroladas."

"Tem certeza? Se quiser..."

"Precisamos disso para manter a chama do nosso casamento."

"Te amo tanto..."

"Olha, você já estava esquecendo a camisinha."

O EIXO

Na sala, esfrega panos nos vidros. São limpos como se tivessem acabado de sair da fábrica, e a cidade fosse a menos poluída do mundo.

Passa aspirador. Espanador nos livros. Organiza as almofadas do sofá. Lava a louça e as enxuga com flanela.

É uma faxina completa, rito diário de quem trabalha em casa, vive só e não consegue organizar os pensamentos se um grão de poeira estiver no meio do caminho.

Lava as mãos gastando dez minutos e meio sabonete. E ainda as esfrega com álcool gel antisséptico.

O interfone toca. Ele atende e manda subir. Livra-se do avental, dá uma ajeitada no cabelo e coloca um *jazzinho* neutro, nada experimental, nem *bebop* nem *fusion*.

Toca a campainha. Ele abre. Ela entra aflita, como sempre.

"Parei na vaga de deficiente que tem na frente do seu prédio. Não tinha vagas", ela diz.

Beijam-se burocraticamente com a porta ainda aberta. Ele tranca. Ela joga as coisas pelo caminho. Ele recolhe e as coloca num cabide. Ela despeja a bolsa sobre o sofá e encontra um cigarro amassado no fundo. Ele prontamente pega um isqueiro, acende e fica segurando o cinzeiro, para quando ela precisar.

"Ele deu de controlar as minhas contas. Examina cada ligação do celular e reclama se tem alguma longa demais. 'Usa o Skype.' Reclama quando chega uma multa, critica o meu jeito de dirigir, fazer baliza, meus caminhos. 'Esta rua é a mais congestionada. Vai pela faixa da direita.' Imagina quando souber que voltei a fumar?"

Ela dá três tragadas rápidas. Enfim o agarra e o empurra até o sofá. Pula em cima dele, já sentado. Apaga o cigarro. Abre a braguilha dele, levanta a saia e se encaixa. Tira anel, pulseiras e colares. Joga-os displicentemente na mesa de centro. E fala, enquanto transam no sofá mesmo.

"Não suporto mais aquela arrogância, me examina quando saio, me avalia quando cozinho, testa minha inteligência, perguntando: 'Como é mesmo o nome do presidente da ONU?' Vivo tensa, como numa aula em que o professor faz prova oral. Ai, como é bom... Todo metódico para dormir, acordar, é uma pedra que tem respostas para tudo, nunca chora em velórios, sente-se superior a todos. Ai, assim eu gozo... Sempre me aparece com novidades: 'Olha esta gravação rara de Callas. Viu o novo aplicativo que instalei? Leu o *blog* do fulano?' Detesto ópera, detesto telejornais, detesto a ONU, a OEA, *blogs*, e ele insiste: 'Viu o que o fulano escreveu? Você concorda com ele?' Ai, para, não para, ai, gostoso, gostoso, gostoso, ai..."

Ela goza. Joga a cabeça sobre o ombro dele. Respira fundo. Sussurra no ouvido dele:

"Delícia..."

"Eu estava com saudade", ele diz.

"É?"

"É."

"Eu também."

"Você também?"

"É."

"Estava nada."

"Claro que estava. Não deu pra notar?"

"É, deu."

Sorriem. Beijam-se. Ela se levanta rápido, ajeita a saia e vai ao banheiro. Pergunta lá de dentro:

"Quer me ver quarta? Se não der, mande uma mensagem. Anônima. Que a aula foi cancelada."

Volta ajeitando os cabelos. Recoloca anel e pulseiras. Checa o celular.

"Por que você sempre tira a aliança?", ele pergunta.

"Eu tiro, é? Não tinha reparado..."

"Você namoraria comigo?"

"Está querendo namorar agora?"

"Tenho pensado nisso."

"O que aconteceu com o solteirão mais convicto da cidade?"

"Se cansou."

"Que nada. Você só quer se aproveitar de mim."

"Quero cuidar de você."

"Você não me aguentaria."

"Não?"

"Está falando isso só pra me agradar."

"Fica mais. Vamos passar a tarde juntos."

"Você é tão doce. Me sinto bem aqui. Me sinto leve..."

Ela se senta de novo no colo dele. Abraça-o. Volta a se excitar. Tira anel e pulseiras, joga-os na mesa de centro. Enquanto ela fala, transam novamente:

"Mas não posso! Ele é importante pra mim, é o meu eixo. Existem aqueles momentos em que ele se ausenta, está na minha frente, mas não está, parece viajar pra Marte, e tudo em sua volta ganha um tom leitoso.

Mas eu gosto dele. Vejo seu olhar me atravessar. Isso dura dias, semanas, aquela quietude dos pensamentos, e sei lá se sonha ou se tem pesadelos, o mistério do homem que vive comigo. Eu amo ele. Ai, que gostoso... Minha vocação é tratar, mas como se não se vê a doença? Quero desvendar ele. Quero parar o mundo para ele respirar um pouco. Quero ele pra mim! Ai... O que eu estava dizendo? Ele é meu! Meu homem, meu amor. Ai, tá gostoso... Ai, gostoso, gostoso, gostoso..."

E goza novamente. Aliviada. Esgotada. Beijam-se. De repente, fica aflita e se ergue.

"Multam aqui na sua rua?"

Recoloca anel, pulseiras. Vai para o banheiro. Ele continua sentado.

"Você é tão gostoso. Que música é essa?"

Ele não responde. Ela volta, pega a sua bolsa, checa novamente o celular. Dá um beijo rápido de despedida.

"Não esquece os colares", ele diz.

Ela sorri e os joga na bolsa. Abre a porta, chama o elevador e pergunta:

"Então, quarta?"

Nunca mais se viram.

Não respondeu às mensagens dele, aos *e-mails*, não ligou.

A palavra "namorar" contaminou a relação de anos.

Também, pedir uma mulher casada em namoro...

SÓ QUIS ME COMER

Um quiosque vermelho, patrocinado por uma marca de cerveja.
Mesinha de plástico sem guarda-sol.
Poucas pessoas.
Carioca não vai à praia quando os termômetros estão abaixo dos 20.
O paulistano lia um jornal da sua cidade, bebia uma água de coco. Na mesa ao lado, ela se sentou, pediu caipirinha. Depois, pediu emprestados os cadernos já lidos. Era paranaense, mas assinava jornais paulistas. São melhores, justificou.
A primeira afinidade entre eles.
A segunda?
Ambos na cidade praiana, hospedados em hotéis em frente à orla; duas torres vizinhas, o Marina Palace Hotel e o Marina All Suites, uma quadra distantes uma da outra. Fugiram do inverno e da severa rotina das suas cidades. Fora de temporada. Nem era feriado.
No papo, as diferenças.
Ele, recém-separado.
Ela, casada há quinze anos, sem filhos, o marido ficara em Curitiba.
Ele descrente das relações duradouras nos dias de hoje.

Ela era a prova de que, sim, há esperança.

Ele enumerou suas separações. E como há sempre uma barreira intransponível que bloqueia a felicidade de um casal, defeitos que aprisionam o amor.

Ela discordou, mas escutou.

Citou a ex-alcoólatra com quem foi casado. Tudo era perfeito, mas tinha essa doença presente. Impossível lidar com a vodca no café da manhã e as posteriores.

Depois, citou a relação cujo tesão acabara em dois anos. Como manter um casamento com a frieza e o sintoma de uma dúbia amizade?

Citou o casamento com a ciumenta obsessiva. Ciúme de amigos, da família, até de vizinhos, controladora desesperada que invadia *e-mails*, extratos bancários, revistava carteiras, sempre à procura de pistas.

Não deu.

E lembrou a bipolar que acordava de um jeito, tomava café da manhã de outro e chegava em casa depois do expediente num astral surpreendente, para o bem e para o mal.

Concluiu. Sempre haverá um ponto limite. Qual o segredo, perguntou, para que um casamento não tenha uma barreira intransponível, como o seu?

Ela não soube responder. Nem formular a receita. Pois a vida toda esteve casada apenas com um cara, que amava acima de tudo.

Conversavam como amigos de longa data. Riram das trapalhadas amorosas dele. Trocaram celulares, pois, sozinhos na cidade, combinariam programas, um teatro quem sabe...

Almoçaram no restaurante do hotel dela, com vista para o mar. Subiram até o quarto dela, também com vista para o mar. Ele queria checar se era melhor que o dele, para na próxima vez se hospedar lá.

À noite foram juntos ao teatro a três quadras. Uma comédia sobre mulheres neuróticas. Rasa, mas engraçada.

Embebedaram-se no botequim da esquina. Ambos pediram a mesma caipirinha de lima com vodca sem açúcar. Ambos se deliciaram com os petiscos tão famosos dos bares cariocas.

Aquela amizade inesperada empolgou os dois. Que sorte o encontro casual.

Ela ria da vida amorosa confusa e instável dele. Ele via nela a chance de desabafar, realizar um balanço. E de entender os espinhos do amor.

"Como faziam nossos avós?", perguntou. "Toleravam a alcoólatra, a ciumenta, a bipolar, a frígida, tiveram netos, foram mais felizes do que a gente?"

"Ou não", ela respondeu, e riram.

Ele a deixou no hotel e foi para o seu.

Chuva e frio no dia seguinte, paisagem desanimadora. Trocaram mensagens pelo celular. Combinaram um almoço. Num tailandês.

Outra tarde voou. Mais caipirinha sem açúcar. Mais histórias divertidas: a da namorada que chorava toda vez que gozava; a que gritava muito, o que o levou a comprar um aparelho de som e instalar no quarto; a que pedia que ele mordesse com força; a contorcionista que era uma pedra na cama.

Na volta, ela o convidou para subir para matar uma garrafa de champanhe.

Serviu assim que entraram.

Viram juntos a paisagem invernal, a ressaca violenta do mar, a ventania arrastando os poucos esportistas.

Ele se confundiu.

Percebia que, quando se aproximava, ela se afastava. Quando se sentaram na cama, ela colocou travesseiros entre eles. E decidiu. Na despedida, tentaria algo.

Levantou-se, preciso ir, estou bêbado, preciso me deitar, dormir um pouco. Ela o acompanhou até a porta. Então, ele passou o braço ao redor dela e tentou beijá-la.

Ela disse não.

Ele sorriu. Desculpou-se.

Ela disse que nunca traiu o marido.

Ele se surpreendeu, nunca? Que lindo...

Caminhou até o hotel no fim da tarde invejando o marido. Entrou no seu quarto, quando a primeira mensagem chegou: "Vc vai deitar por mto tempo?" Ele não soube o que responder. Tomou um banho, se deitou. Chegou a segunda mensagem: "Vamos tomar um vinho antes de dormir, *please*".

Ele respondeu que ia visitar um amigo. "Tá ventando mto pra vc sair." Ele respondeu: "Olha, vc viu que as mulheres me confundem, vc está me confundindo. Mudou de opinião? Só pra eu entender..." Ela respondeu: "É que fiquei meio mal e me sentiria melhor se pudesse falar. Esperar até amanhã? É tortura". Ele respondeu: "Tá tudo bem, eu que não devia ter feito aquilo. Mas te ligo".

Não ligou.

Ela não escreveu mais.

Ele, idem.

Domingo. Ela sabia que ele partiria naquela noite. E finalmente mandou no começo da tarde: "Vai embora sem se despedir?"

Ele não respondeu, evitou cruzar a orla e a calçada em que ela poderia estar. Almoçou num lugar fechado. Andou com cuidado pela sombra.

No começo da noite, entrava num táxi com a sua mala, quando ela apareceu correndo:

"Você é um filho da puta, só quis me comer?"

A reação agressiva o surpreendeu. O taxista esperando.

Teria sido a aventura perfeita de um romântico fim de semana, que não seria esquecido, apesar de tentarem. Ele respondeu apenas:

"Adorei te conhecer."

Nunca mais se viram.

Nem se falaram.

Nem se escreveram.

E ela, atormentada pelo não ocorrido?

Provavelmente sim.

No fundo, ele não quis atrapalhar um relacionamento ideal.

Que exista. E quer saber? Ela até que tinha razão. Só quis comer.

ACONTECE QUE

O que acontece?

Quando ainda estão no carro, voltando de um jantar com amigos, já aparecem os comentários:

"Bebi muito."

"Deu um sono."

"Amanhã tenho um dia tão difícil..."

E nem deu meia-noite. É o código. Hoje não rola. Como ontem, como antes...

Cruzam a garagem rapidamente, atacados pela corrente de vento gelado. Nem encaram o porteiro.

No elevador, cada um num canto. Ele quem aperta o botão do andar. Sempre é ele quem aperta, ela reparou. Ele quem comanda. Gosta de. Ele quem dirige, atende o interfone, pega o jornal às manhãs, decide as férias, se está frio, se devem trocar de carro, de aparelhos de TV, *DVD*, partir para a jornada sem volta de viver sem canais, só de *streamings*.

Não estão nada bêbados. Poucas taças. Entram em casa e se separam. Cada um tem o seu ritual de dispersão, encerrar o dia, organizar, recolocar. Ela checa os *e-mails* e a ração para os gatos. Ele lista os afazeres da empregada, fica pouco tempo no banheiro, se joga na cama e liga a TV.

    Ela ainda toma um banho. Gasta alguns minutos se lambuzando com cremes. Checa cutículas indesejáveis, passeia os olhos pelo espelho de corpo inteiro: a frente e as costas, os cotovelos e as pernas. Seca o cabelo com um secador barulhento — o síndico irá reclamar um dia.

Ela entra no quarto. Ele dorme com o controle remoto na mão. Ela desliga apertando o botão no painel da TV, desliga o abajur, vai para o seu lado da cama e se deita no escuro. Coloca um travesseiro entre as pernas. Escuta um caminhão ao longe. Amanhã tem feira.

    A criança do vizinho chora, e um alarme dispara.
    Um está de costas para o outro.
    Dorme?
    Não, porque ele ainda diz: "Boa noite". Ela responde com um grunhido simpático, fica ainda um bom tempo de olhos abertos.
    E se pergunta: o que acontece?

Acontece que, estranhamente, ela precisa de colo. Que ela não sente mais aquele *frisson* quando cruza a garagem do prédio. Porque não o provoca mais no elevador, ignorando a câmera, desabotoando a camisa dele, esfregando o joelho nele, apalpando-o, assim que ele aperta o botão. Acontece que eles não se beijam mais quando entram em casa, não escutam uma música no escuro, ela não senta no colo dele diante do computador, nem tomam banho juntos. Acontece que ela não olha mais para o espelho para checar o que irá mostrar daqui a pouco, nem planeja como entrar no quarto, para se oferecer enrolada numa toalha, engatinhar pela cama, roçar o nariz na perna dele, lamber do umbigo até a boca, deitar sobre ele como um cobertor, morder o seu pescoço, sua nuca, seu ombro. Acontece que ela não apagaria aquela TV, nem a luz, nem a noite. E ele nem diria boa-noite, mas bem-vinda. E depois de tudo, sim, dormiriam pesadamente; nenhum alarme, criança ou caminhão seriam notados.

Acontece que ela acordaria, e ele estaria ainda na cama. Acontece que ele não comenta mais a cor da sua calcinha, do seu esmalte, dos seus olhos. Acontece que ele não a elogia mais, não surpreende, não desafia, nem provoca, não confunde as palavras, nem engasga quando ela aparece de toalha, não corre mais atrás dela, não a acorda com o corpo sobre o dela, como uma manta, não a abraça como uma toalha, não a abriga como água quente.

Acontece que ele já saiu quando ela se levantou da cama de manhã.
    Nenhum *post-it* está fixado, com algum carinho escrito. Nem rascunho de bilhete existe. Ele não irá mandar uma mensagem do trabalho, nem um *e-mail*. Hoje em dia, quando viaja, não liga para dizer se houve turbulência, se o hotel é legal, se está muito frio ou um sol de rachar.

Acontece que há tempos não repartem um cigarro, não se perdem por uma estrada de terra, não discutem se o que veem é um disco voador ou um satélite espião russo.
    Acontece que ele não a espia mais pelo buraco da fechadura, não tira fotos dela se enxugando diante do espelho, não dá sustos quando ela tem soluços, não beija os seus pés, não conta as suas pintinhas, não canta em voz alta pela casa, não a acorda lambendo sua orelha.
    Acontece que há muito não saem os dois sozinhos e entram num filme sem saber o que a crítica achou. Sem lerem os créditos, sentados na última fileira, se tocando, se beijando. Acontece que eles não repartem mais a pipoca,

o refrigerante zero, o drops. Acontece que o diferente virou eventual, a rotina, habitual. Que todo desconhecido já se revelou, que a surpresa é predita, que o consumado é fato, o previsível, farto, e o pressuposto, preposto.

O que acontece é que ela sente falta de ser notada e elogiada dentro de casa. De ter calafrios. De sentir a pele esquentar. Acontece que ultimamente ela se veste para ninguém. Que ela nem liga mais o rádio do carro. Que não a comove o xaveco no elevador do escritório. Que só troca *e-mails* de trabalho. Que ela almoça massa, se entope de pão e ainda se delicia com sorvete com calda. E agora costuma pedir chantilli no café.

    O que acontece com ela, que nem tinge mais o cabelo, falta à natação, não corre com as amigas, não compra sapatos, não troca a lente riscada dos óculos, não recebe mensagens românticas pelo celular?

    Acontece que o incêndio se acomodou.
    Ela não se pergunta se é assim que tem que ser.
    Acontece.
    É cíclico, ouviu dizer.
    Pode ser que melhore.
    Por que perder o fôlego toda vez que o encontra? Já passou.
    Viva outra fase.
    Não se fabricam mais dropes.
    Reprima essa vaidade.
    Não seja carente.
    Encare os fatos.
    A vida é assim.
    E a saudade é o pior tormento, é pior que o esquecimento.
    É?

O AMOR PLATÔNICO

Lucila tinha cabelos encaracolados. Era sorridente e mais baixa do que o normal. Desde que a conheci, no primário em São Paulo, fiquei apaixonado. Pensava nela quando subia na jabuticabeira de casa, para observar o suicídio das frutas maduras que se atiravam aleatoriamente dos galhos, enquanto minhas irmãs corriam pelo quintal.

    Havia um canto debaixo da escada da garagem. Era o meu canto. Por que adoramos tocas? O darwinismo deve explicar nosso encanto por cantos. Mas fazem parte da seleção natural os amores platônicos?

    Meu pai decidiu se mudar para o Rio de Janeiro. Quando me comunicaram a notícia, sofri antecipadamente de saudade. Lucila... Como seria a minha vida sem ela? Que desgraça! A primeira coisa em que pensei foi fugir de casa, para marcar posição e o meu protesto.

    Fui corrompido pela oferta de uma enorme festa só minha. Toda a escola seria convidada. Lucila então conheceria minha casa, minha árvore, meu canto. Correria pelo quintal. Brincaríamos.

Apareceu uma multidão. A casa parecia uma quermesse. Teve palhaço e mágico. Eu nem sabia que tinha tantos amigos. A maioria eu não conhecia. Era difícil se locomover entre tanta gente. Não encontrava a minha amada. Eu me lembro de que, num certo momento, me escondi na garagem, sufocado, estressado.

E ela apareceu para se despedir, com aquele cabelo dourado cacheado, como molas.

Lucila era a fim de mim também, eu tinha certeza. Ficamos juntos conversando. Toda a escola respeitou nossa privacidade. Nós nos demos as mãos e fomos ver outro número do palhaço. Passamos o resto do dia grudados. Foi a única vez em que demos vazão para o nosso amor.

Se eu não tivesse que me mudar, eu sabia, seríamos o casal mais feliz da cidade, eu com 6 anos, e ela com 5.

Como a vida atrapalha histórias de amor... Que lição meu pai me dava ao me amputar a paixão.

Vivi no Rio com saudade. Pensava, sonhava, imaginava. Lucila.

Lá, reencontrei meu melhor amigo, Eduardo G., outro paulista exilado. Estudamos na mesma classe. Edu já estava enturmado, o que me ajudou no convívio.

Ficamos amigos de Roberta e Isabel, duas morenas amadas por toda a escola.

Nas aulas, dividíamos as mesas com elas. Eu com Roberta, ele com Isabel, conhecida como Isaboa. Ou vice-versa.

Passávamos os recreios com elas, para a inveja coletiva. Nas aulas de música, tocávamos triângulo, elas, coco. Ou vice-versa. Ficávamos juntos, fora do ritmo, tocando uma outra música, só nossa.

Havia um obstáculo para o desenvolvimento das paixões. As duas eram maiores do que eu. Se não me engano, Roberta era a mais alta de todas. Para um moleque, é um entrave que afugenta o amor. Especialmente aos 8 anos.

Apesar de toda a escola achar que namorávamos as duas, era pura amizade. E eu não me esquecia de Lucila e seus cachos malucos. Um dia, eu iria reencontrá-la.

Até passar para o ginasial, mudar de prédio, recepcionar novas turmas e conhecer Carla, loirinha enigmática, linda como a vista do recreio, o Pão de Açúcar. Do meu tamanho.

Nutri por ela uma paixão secreta. Quando ela passava, minhas pernas tremiam. A timidez era na mesma proporção que a minha admiração. Nunca ouviu a minha voz. Puro amor platônico.

A maioria de nós compreendia o que significava o amor platônico e já vivera o seu, idealizara uma garota e sofrera por causa de uma timidez revoltante. Apesar de a maioria não ter ideia de quem foi Platão, nem de que seu amor foi definido na Renascença, baseado nos diálogos do filósofo, que apontavam que o amor mistura fantasia e realidade pelo ser perfeito, e a essência desse amor é a idealização.

O amor platônico é comparado a um amor a distância, sem envolvimento e contato, que os inseguros alimentam especialmente na adolescência.

Carla despertava o amor platônico em todo o Colégio Andrews. Para nos confundir, ela era filha do nosso maior ídolo, Carlos Niemeyer, do *Canal 100*, telejornal que revolucionou a linguagem, era exibido antes dos filmes e terminava com imagens em câmera lenta, com câmeras na beira dos gramados, de lances do último clássico de futebol, sob uma trilha sonora marcante. Queríamos Carla e conviver com a sua família, sermos convidados para ver os jogos de perto e termos em mãos aquele acervo.

A ditadura apertou o cerco. Edu se exilou em Londres. E me mandava cartas perguntando de futebol e de Carla. Eu mentia. Dizia que estávamos namorando. Que ficávamos na casa dela nos pegando, apesar dos 11 anos de idade.

Meu pai foi preso e morto naquele ano. Eu me fechei. Meu olhar ficou triste, como o de um cachorro molhado. Muitos passaram a me evitar. Afinal, eu era filho de um terrorista que atrapalhava o desenvolvimento do país, como aprendiam com alguns pais, professores, liam na imprensa, viam nos telejornais.

Eu ficava muito tempo sozinho no banco da escola. Aos poucos amigos, eu tentava explicar que meu pai não era bandido. A maioria não tinha ideia do que se passava nos porões. A censura e o milagre brasileiro cegavam.

No meio do ano, minha família foi obrigada a sair do Rio. Na festa de São João, comuniquei a mudança aos coleguinhas cariocas. Muitos vieram se despedir. Eu estava numa barraquinha comprando doces, quando Carla se aproximou para se despedir. Minhas pernas tremeram, como sempre. Fiquei sem ar.

Ela disse o meu nome, Marrrcelo, com aquele sotaque carioca delicioso. E me beijou. "Você vai embora, Marrrcelo?" Eu não disse nada. Mais um amor era deixado pra trás.

Reencontrei Lucila no colégio, na volta para São Paulo. Não tinha mais os cachos. Continuava encantadora. Relembramos o passado. Para ela, eu também representava o primeiro namorado. Fui gentil. Descobri com 13 anos que talvez o poeta tenha razão, e o amor acaba. Ou muda de classe.

Pois tinha uma baixinha moreninha no primeiro colegial, misteriosa, secreta, apaixonante, de poucas palavras... O problema é que, pra variar, ela nem reparava na minha existência e nos meus olhos tristes.

São os cometas da memória.

GENEALOGIA DO MACHO RIDÍCULO

Certa vez, um taxista carioca casado me revelou a sua tática infalível para conquistar amantes.

Ele entra em salas de bate-papo virtuais com o *nickname* "100% Fiel".

Em segundos, chovem mulheres perguntando se é possível existir um homem com o índice de fidelidade tão alto.

Feito o contato, ele desenvolve o assunto, escuta desabafos, consola as traídas que não confiam mais nos homens, conquista com a sua lábia digital, convida-as para mudarem o papo para o zap, troca fotos, palavras de carinho e marca encontros.

Só ao vivo, depois do ato, confessa que é casado.

Porque ele está interessado em outras e as dispensa cinicamente.

Não quer desenvolver uma relação com a sua... presa?

Está se lixando se alimenta a desqualificação moral de seus pares masculinos. Os fins justificam os meios.

E ele pinga, de porto em porto, atrás de uma aventura sexual.

Armando, profissional liberal, é daqueles caras que, se perguntarem que tipo de mulher o atrai, ele responde: "As que respiram".

Também casado, é mais direto. Entra em sites de relacionamento com um perfil falso. Procura comunidades como "mulheres divorciadas", "mulheres boêmias", "mulheres que topam tudo". Faz comentários divertidos, abre tópicos polêmicos, provoca discussões sobre a essência da fidelidade e a culpa cristã.

A ironia é o seu leme.

As que se seduzem pelas palavras provocativas de Armando, muitas também com o perfil falso, fotos embaçadas ou ilustrações, são convidadas a migrarem para o bate-papo de uma rede social.

Lá, a relação é desenvolvida.

Fotos verdadeiras são trocadas.

E ele sempre confessa, de coração aberto, que é muito bem casado, mas que gosta de se divertir.

Tem contatos em outras capitais. Quando viaja a trabalho, marca encontros com suas paqueras virtuais — algumas também casadas. Pede dicas de bares charmosos, combina a noite. Bebem, dançam e, no final, a cartada: "Vamos para o meu hotel".

Teve problemas com uma jovem roqueira que disse que o Oasis é melhor do que os Beatles. E que preferia ficar se amassando no canto escuro do bar a conhecer o quarto bem decorado do hotel em que ele se hospedou.

Levou um susto em Salvador, quando, depois de um agradável jantar à beira-mar, foi com a conquista, que não parava de beber, para o hotel e, assim que entraram, recebeu um tapa na cara. "Você gosta?", ela perguntou. Sua resposta foi devolver um tapa na cara dela, que riu e perguntou: "Tem mais birita nesse muquifo?"

Beberam, se estapearam e transaram.

Ela gritou muito.

E ele decidiu nunca mais se hospedar em Salvador.

Por que os homens traem?

Ficará rico o neurolinguista ou terapeuta, autor de livros de autoajuda, que publicar uma obra que se disponha a desvendar o enigma. Certamente esgotarão as edições expostas em livrarias de aeroporto.

É instintivo?

Há a máxima sociobiológica que afirma que o macho alfa da espécie nasceu para espalhar os seus genes, popularmente conhecidos como espermas, entre o maior número de úteros, popularmente conhecidos como garotas, e assim garantir a proliferação e a consequente sobrevivência da tribo.

Pode haver uma interpretação darwinista nesse comportamento duvidoso. O homem que trai se destaca sobre o que não trai, já que conquista mais herdeiros e território. Portanto, a traição estaria no gene masculino. Apesar de imoral, não é culpa do marido canalha. Seria uma manifestação genética?

Aquele que for flagrado pode vir com esta: "Amor, não é o que você está pensando. É hereditário. Culpe meus antepassados. E meus cromossomos. Não te traí. Foi a sequência de aminoácidos que herdei que me levou para os braços de outra".

Apenas corre o risco de ouvir: "Amor, e desde quando você começou a se considerar um macho alfa?"

Os canalhas podem usar também argumentos freudianos. "Querida, o amor pela minha mãe foi castrado pelo fato de haver o meu pai na jogada, o que me causou transtornos irrecuperáveis. Não te traí. Me vinguei. Eu não, meu inconsciente."

Argumentos nietzschianos não devem ser descartados: "*Honey*, Deus está morto, o que nos deixa irresponsavelmente livres para quebrar todos os contratos. Culpe a filosofia e a decadência dos sistemas platônicos, não a mim".

Talvez filósofos menos niilistas possam ajudar: "Se a consciência estiver seduzida pela sensação, chuchuzinho, um objeto pode ter uma qualidade agora e pode ter outra depois. Foi Hegel quem disse. O que você vê na minha camisa são cabelos de uma loira. Mas podem ser de uma morena. Ou seja, seus".

Mas Armando segue outra doutrina, a da vida dupla em casa e a do jogo aberto fora dela. Afirma para seus casos que adora mulheres, não consegue ser fiel, tem uma libido incontrolável e não sente qualquer culpa.

E a libido ficou latente num encontro que marcou recentemente, num bairro afastado, com uma de suas conquistas virtuais, uma secretária bilíngue, atraente, que aceitou a cantada de Armando e o seu estado civil, escolheu o dia e a hora e apareceu pontualmente com uma roupa muito *sexy*.

Apresentaram-se, ela se sentou, pediu o mesmo drinque que ele, sorriu, acendeu um cigarro, jogou a fumaça para o lado, olhou nos olhos do conquistador e mandou:

"Você não tem vergonha, cara? Um homem casado paquerando outras mulheres. Faz isso rotineiramente? Ela sabe? E se ela também tivesse amantes, você gostaria? Por que então está casado ainda, se parece irrealizado sexualmente dentro de casa? Tem filhos? Se separe e fique sozinho garanhando todas as mulheres da cidade. Não tem deveres com a saúde estrutural do casamento? Acha certo? Você não presta, sabia? Conheci caras como você. Vocês nos enojam..."

E por aí foi.

Armando pediu outro drinque.

Escutou quieto toda a lição de moral.

Concordava eventualmente com a cabeça.

Até filou um cigarro da guardiã dos bons costumes.

Deixou desabafar.

Não interrompeu.

Quando, enfim, exausta, ela ficou em silêncio, ele matou a bebida e disse:

"Conhece algum motel aqui perto? Queria mostrar o que esse papinho me causou. Garanto que você também vai se divertir."

São histórias reais que escuto por aí.

Se ela foi?

O que você acha?

DESAVENÇA ITALIANA

Domingo. Deliciavam-se no café da manhã, dia da semana em que tudo era permitido: queijo gordo, geleias, *croissant*, ovos com salchicha, até *bacon*. Combinaram na lua de mel em Cancún que todos os domingos teriam um café da manhã digno de um *resort* mexicano.

Liam o jornal e se esbaldavam. Mas de férias, de repente do nada, ela se virou para ele e sugeriu depois de ler o caderno de economia: "Vamos nos separar?"

Ele estava com a xícara erguida. Deteve o movimento. Olhou pensativo. Deu um gole no café. Delicioso. Era ele quem o preparava como um *connaisseur*. Depositou a xícara sobre o caderno de esportes e respondeu: "Bora".

Ela estendeu a mão para firmar o pacto: "Promete?"

Ele estendeu a sua. Apertaram, olhos nos olhos: "Prometo".

Voltaram a ler o jornal. Ele abriu o caderno de cultura, e ela leu os editoriais. Depois de um tempo, ela comentou:

"Você aceitou tão rápido. Já tinha pensando nisso?"

"Na verdade, não. Tá vendo como mesmo depois de tantos anos você não me conhece?"

"Não conheço mesmo. Achei que ia fazer um escândalo, tentar me convencer do contrário."

"Tô de boa. Você sugeriu com tanta convicção que achei que é a coisa certa. Senti isso. Reparou como a gente sempre sabe o que o outro está pensando antes de falarmos?"

"É o convívio."

"Como você quer fazer?"

"Não pensei nisso ainda."

"Posso ir prum *flat*."

"De boa?"

"Sempre quis morar num. Imagine... Você deixa o quarto uma zona, vai trabalhar, volta, e ele está arrumadinho."

"Posso ajudar a decorar?"

"Lógico. Você tem um puta bom gosto. Por isso me casei com você. Entre outras coisas..."

"Tipo?"

"Ah, você é uma baita gostosa, linda..."

"Cê acha, é?"

"Puxa, agora que vou morar sozinho, vou falar palavrões. Acho tão avançado homem que fala palavrão, desprendido..."

Ela pegou na mão dele, colocou-a no seu rosto, beijou, abaixou para o peito. Ele fez carinhos nela, ela tirou e disse: "Achei que ia brigar pelo apê".

"Nada de separação litigiosa. Acho coisa de gente rancorosa, mal resolvida..."

"Meu Deus, o que a gente fala pras crianças?!"

"Hum, boa pergunta. Precisamos de um motivo."

"Bora dar um Google."

"Motivos mais comuns em divórcios? Elas não são mais crianças, já estão namorando, na faculdade, daqui a pouco vão morar com amigos, fazer intercâmbio na Espanha. Estão se lixando para nós. Vão até gostar. Terão duas contas bancárias para explorar."

"E pros amigos, o que a gente diz?"

"Vamos falar da crise dos sete anos. Sempre tem a desculpa da crise dos sete anos."

"Mas nós somos casados há vinte."

"Vamos dizer que há treze anos a gente não superou a crise dos sete."

"Ninguém vai cair nessa."

"É verdade. Vou dar um Google. Olha, só não vale falar que decidimos por causa da falta de tesão, que com o tempo diminuiu a frequência. Acho muito baixo-astral casal que se separa e sai espalhando que não transava mais, que pareciam dois irmãos na cama..."

"Até porque no nosso caso não é verdade. Nossa média é alta, comparada a de outros casais."

"Então, por que nos separamos?"

"Boa pergunta. Deixa eu ver... O que diz o Google?"

"A conexão tá lenta..."

"E se a gente não disser nada?"

"Como assim?!"

"Ué, se perguntarem, a gente faz aquela cara dissimulada, sabe? De gente fechada que não gosta de falar das suas intimidades."

"Hum, você é tão esperto. Me dá um tesão. Por isso me casei com você."

Ela o abraçou por trás e beijou o pescoço dele.

"Pensei que fosse por causa da minha barriga tanquinho."

"Tanquinho industrial?"

Ela deu um apertão na gordura da cintura dele e começou a recolher a louça. Ele ficou se examinando, se apalpando, se olhou no reflexo da janela: "Preciso emagrecer. Agora sou um divorciado de meia-idade disponível no mercado".

"Relaxa. Mulheres não ligam pra isso."

"Não? E do que elas gostam? Conta outra..."

"De cara interessante."

"Será que sou um cara interessante?"

"Você vai catar geral, será seletivo ou dará um tempo sozinho?"

"Não me decidi. Posso catar geral?"

"Por mim... Exceto minhas amigas, OK?"

"Por que não?"

"Nem vem!"

"Estou pensando em partir pra outra geração."

"Que faixa?!"

"Dez anos a menos, no máximo."

"Ufa, que susto. Tudo bem. Deve ser interessante pegar uma geração diferente, outros costumes, bandas, gírias, lugares, bares. Contanto que não seja a geração dos nossos filhos. É doente, isso."

"E você?"

"Não planejei nada. Mas..."

"Fala."

"Ai, tenho vergonha..."

"Pode se abrir. A gente é amigo agora."

"Você não vai me zoar? Tá bom, eu falo. Eu queria pegar, sei lá... Outra mulher. Pronto, falei."

"Uau! Que legal."

"Ah, nunca fiquei. Me sinto uma careta. Hoje em dia é tão normal. Deve ser uma experiência diferente. Já levei cantadas de umas mulheres bem interessantes. Gatas."

"Você sente atração?"

"Não sei explicar."

"Mas você não vai virar lésbica, nem coisa do tipo."

"Sei lá. Por quê?"

"Porque daí teríamos o motivo. Ah, se separaram porque ela é *gay*, sempre foi, desde pequena, ficou anos casada com aquele cara, mas no fundo gosta de mulher."

"E daí? Deixa falar. Te incomoda? Antigamente até iam pensar: 'Pô, o cara é tão devagar que a mulher o trocou por outra, o cara nem sabe fazer direito'. Hoje em dia as pessoas estão mais abertas. Até a sua turma do clube."

"Dane-se. Eles vão é morrer de inveja quando me virem na piscina com uma gata dez anos mais nova com um baita corpão e um biquininho mínimo..."

"Bobo. Você nem vai na piscina com medo de pegar doença de pele, seu hipocondríaco!"

Riram. Terminaram de lavar a louça. Começaram a enxugar.

"O título do clube fica com quem?", ela perguntou.

"Se tiver algum entrave no estatuto, pode ficar pra você. Vou pegar um *flat* com piscina."

"Boa. Posso vender o meu carro? Não aguento mais esse trânsito. Tô pensando em andar só de bicicleta agora."

"Coisa de sapata."

"Iii, começou a gozação."

"Ah, acho bacana. Alguém tem que fazer alguma coisa pelo planeta."

"E os livros?"

"A gente divide: o que eu não li fica pra mim e vice-versa."

"Os móveis?"

"Posso ficar com a LCW? É *design* do Charles Eames. Deve caber no *flat*."

"Olha só... Não sabia que você era ligado em *design*."

"Você não sabe muita coisa de mim, *baby*. Tem cem anos que o cara desenhou essa poltrona. É um clássico."

Começaram a guardar a louça. Ele desmontou a cafeteira italiana, tirou o pó, limpou, segurou-a um instante. Perguntou: "Posso ficar com a cafeteira?"

"Oi?"

"Não consigo tomar café de outra."

"Foi tio Modesto quem me deu."

"Eu sei."

"É uma Moka legítima."

"Hoje em dia qualquer supermercado vende."

"Então compra uma."

"Só consigo fazer café nesta daqui."

"Não."

"Não o quê?"

"A cafeteira não sai daqui."

"Me apeguei a ela. É a única coisa que estou pedindo, além da LCW."

Disputaram a cafeteira.

"Me dá aqui. Quer fazer cafezinho nela pra sua Lolita, seu pedófilo? Não vai!"

"Solta! Você não vai usar a herança do tio Modesto com uma sapatão, sua degenerada!"

Cada um segurou uma parte dela. Até ela se dividir, e ambos rolarem pelo chão. Cena patética presenciada pelos filhos, recém-chegados à porta da cozinha.

O resultado foi óbvio. Não se separaram, pois não queriam abrir mão daquele bem. Estão casados até hoje. Nunca mais tocaram no assunto. A única diferença é que ela ficou mais gostosa depois que começou a andar de *bike*, e ele perdeu a barriga proeminente graças à natação no clube. E começou a falar palavrão.

PRA SER SÓ MINHA MULHER

Ela mora a 500 quilômetros de distância.

Ele, na capital.

Há vinte anos se conhecem?

Ele estava casado, quando a viu pela primeira vez: a irmã do seu melhor amigo.

Ia dar uma consultoria na cidade dela. "Tem alguma coisa para fazer naquele fim do mundo?" "Ora, liga pra minha irmã, ela mostrará os melhores lugares."

Desembarcou. Ela foi pegá-lo no hotel. O amigo se esqueceu de informar. É a passagem da loucura para a dor: os olhos, a boca, o cabelo, o corpo bandido... Vinte e poucos anos.

Calor de matar. Daquelas cidades fronteiriças em que, enquanto cai geada na região Sul e Sudeste, o sol não dá trégua. A ideia dela foi fulminante. Vamos ao clube. É onde as coisas aconteciam em cidades pequenas.

Comprou uma sunga barata no caminho, e foram nadar, seu esporte favorito. É a imagem de que ele mais se lembra: após 1.000 metros, variando os quatro estilos, encostou na borda, exatamente onde ela tomava sol, de bruços, com as pernas levantadas e o olhar perdido.

Sentiu o que os primeiros navegantes sentiram ao verem as montanhas da costa. Observou todos os pelos, os poros, o suor.

Sim, ela o levou ao melhor bar, ao melhor bazar, e conversaram: projetos, sonhos. Como tinha planos... De trabalhar com portadores de síndrome de Down, plantar coco no litoral, cursar mestrado na França, se perder numa ilha deserta, conhecer o Vietnã, aprender chinês, russo. Falava sem parar dos seus planos.

Durante três dias, não se desgrudaram.

E ela o levou ao aeroporto.

Mas na vida deles nada mudou.

Eventualmente apareciam as imagem dela de bruços e o olhar aflito, perdido. Como o cartão-postal da paisagem inesquecível de uma viagem de trabalho.

Um dia foi com a mulher visitar o amigo, onde a irmã estava hospedada — veio do interior conhecer o sobrinho.

Passaram a tarde se olhando, distantes. Amor proibido. Bandido. Contido.

Quando a mulher não estava por perto, trocaram sorrisos e brincaram juntos com o bebê. Não trocaram muitas palavras. O amigo sacou os olhares cruzados, o brilho, o encanto invisível. Deu uma dura neles. A mulher voltou.

Ele foi embora sem saber dos novos planos dela.

Ele se separou. Meses num estado de letargia, susto, medo, até o amigo o convidar para passar o *réveillon* no interior. Dirigiram 500 quilômetros. Buscaram ânimo ouvindo Ronnie Von, que marcou a adolescência.

Reencontrou a irmã. Mas o desencanto de um casamento falido o deixava sem inspiração, sem assunto, sem cor. Ela falava de outros planos, de aprender tupi, passar um ano numa aldeia indígena, estudar os peixes da Amazônia. E nele, silêncio.

Minutos antes da passagem de ano, na varanda da casa, a sós, ela lhe deu um beijo. Longo, secreto. Solidário, reconfortante. Suas línguas se conheceram. Ele chorou, e um ano se foi.

Pouco a pouco, ele saía da hibernação. Teve casos. Com uma modelo, uma aeromoça, uma veterinária, uma prima de terceiro grau e uma ex-metalúrgica, depois vereadora.

Reencontrou-a na capital. Ela veio conhecer o segundo sobrinho. E conheceu a nova casa do novo homem solteiro. Ele nem esperou que ela sentasse para falar de planos. Agarrou já na porta. Surpresa. Jogou-a no sofá, foi arrancando roupas. Mas ela escapuliu. Tentou de novo, e ela quis ver a vista, fumar um cigarro, beber um vinho. Ele tentou mais uma vez. Ela escorregou. Não quis. Não cedeu. Ele, confuso.

Ela se foi, deixando a garrafa fechada.

Voltou para a fronteira.

Soube que ela se casou e teve um filho.

Ele teve namoros. Chegou a ficar noivo de uma bailarina e desistiu — detestava balé! Conheceu neuróticas, ciumentas, galinhas. Levou pés e deu outros.

E se esqueceu dela.

Mas toda vez que ouvia o nome daquela cidade do fim do mundo, lembrava e lamentava.

Até o enviarem para outra consultoria. Seu amigo nem era mais o melhor amigo. Mandou um zap perguntando pela irmã. Ele disse que ela se separara e deu o celular dela.

Ele ligou.

Ela, feliz com a notícia.

Falou do filho, avisou que estava sol e calor, e que teria bastante tempo para ficar com ele, pois dava aulas de português numa escola fechada por causa do surto de gripe. Ela estava com quantos anos agora?

A cidade estava mudada. O Brasil da fronteira agrícola. Ela, não. Incrível. O tempo não passa? Jantaram no novo árabe. Muitos árabes se instalaram por lá. Árabes, chineses, coreanos. Cruzaram a pé a praça agitada. Ela ligou para a mãe, para saber se estava tudo bem com o filho.

Falou de outros planos, de mexer com artesanato de material reciclado, de parar de fumar, morar numa praia deserta, montar uma ONG, conhecer ruínas astecas e aprender árabe.

Voltaram juntos para o hotel — ela parara o carro na garagem do subsolo. Entraram juntos no *lobby*.

Entraram juntos no elevador.

Ela não apertou o SS.

Ele apertou o andar dele.

Entraram no quarto.

Ela abriu a janela, admirou a vista. Ele a agarrou, deu um beijo. Ela riu. Seu beijo está diferente. Como? Parece o beijo afoito de um adolescente; antes, era um beijo mais maduro. Que estranho, ele pensou. Envelheceu e ganhou medos? A maturidade traz insegurança? Traz traumas.

Foram para a cama. Mas ela achava precipitado. Ele tirou a roupa. Ela não queria. Até, sem querer, ele falar uma baixaria, como costumava fazer com a indiana, a aeromoça, a veterinária, a prima de terceiro grau, a ex-metalúrgica, atual deputada federal, a bailarina e especialmente com as neuróticas. Viu nela um olhar que não conhecia. Sentiu sua boca dilatar. Falou outra baixaria. Ela subiu em cima dele e tremeu toda. Falou as coisas mais censuráveis. Ela tirou a roupa. Esgotou o seu repertório de vulgaridades. Amaram-se dois dias seguidos.

    Conseguiu rever o corpo, outro agora, de quarenta anos, mas o mesmo ainda. Experimentou cada fração, cada dobra e detalhes.

No dia da partida, passearam com o filho. Tiraram fotos. Foram à feira, ao parque, à sorveteria. Viram pastagens e plantações de cana, laranja, café.

    Levou-o ao aeroporto.

    Na despedida, ele disse: "Merecemos esse reencontro, precisávamos dele".

    Ela disse: "Será que só daqui a dez anos vamos nos rever?"

No trânsito de São Paulo... E se eu me casar com ela? Ela já pensou em mexer com artesanato de material reciclado, morar numa praia deserta, montar uma ONG, conhecer ruínas astecas, aprender árabe, chinês, russo, tupi, passar um ano numa aldeia indígena, estudar os peixes da Amazônia, trabalhar com portadores de síndrome de Down, plantar coco no litoral, cursar mestrado na França, se perder numa ilha deserta, conhecer o Vietnã... Morar aqui na capital nunca esteve nos seus planos?

    Na verdade, vive de planos. Nunca abandona a fronteira.

    Então, decidiu. Vou convidá-la para passar o próximo fim de semana comigo. Ou esse amor contido, que arrasta mas me devolve a vida, não deve ser concluído? Melhor não. Assim, quem sabe, ele dura a vida toda.

O TIO E A GRAVIDADE

"Por que tem luzinhas no céu, são estrelas?"
"Cada luzinha que brilha é uma estrela."
"Mas o que é uma estrela?"
"Uma bola de fogo grande, que nem o Sol."
"Se são grandes, por que parecem pequenininhas?"
"Porque estão longe. Olha aquele cara gordo correndo lá no lago. Não parece pequenininho? Mas é maior que você. É enorme. Um monstro."
"Entendi. Se são grandes, por que não caem lá do céu?"
"Tem a gravidade."
"Tem?"
"É."
Ela volta a comer a sua pipoca colorida. Não dá 10 segundos e, lógico, pergunta com a boca cheia:
"Tio, o que é gravidade?"
"Eu sabia que você ia perguntar."
Ela ri, tímida.
"Como você sabia?"
"Intuição."

"O quê?"

"Nada. Adivinhei."

"Eu também adivinho muita coisa."

"Eu também."

"É? Adivinha no que tô pensando agora?"

Ela abaixa as sobrancelhas, aperta os olhinhos, faz um bico e o encara firme.

"Adoro quando você faz essa carinha."

Ela sorri e faz de novo.

Ele faz uma careta pra ela.

Ela faz outra pra ele, que faz outra mais exagerada.

Ela abre a boca, coloca a língua pra fora com pipoca mastigada.

Ele faz cara de nojo.

Ela ri e engasga.

Ele bate nas costas dela.

Ela tosse.

Continua a dar tapinhas nas costas dela, até ela parar.

"Bebe a Coca."

Ela o olha com os olhinhos lacrimejados e vermelhos, enfia o canudinho na boca e bebe tudo num gole só. Suspira aliviada, com gosto. E sorri. Ele aproveita, dá um gole no uísque da garrafinha de bolso e acende um cigarro.

"Eca, que nojo!"

Ela abana a fumaça e faz uma extravagante cara de nojo.

"Por que você fuma?"

"Porque eu gosto."

"Mas fede."

"Você também é fedida."

"Não sou, não."

"É sim."

"Não sou."
"Você que é fedido."
"Você que é."
"É você."
"É você."
"É você."
"É você."

Param de falar. Até ele terminar o cigarro, encaixá-lo entre o dedão e o indicador, pressionar e jogar a bituca na grama, longe. Ela olha a bituca acesa na ponta voar como um cometa até se espatifar no gramado e espalhar minúsculas brasas ao redor. E exclama:

"Uau! Como você faz isso?"
"Muito treino."
"Faz de novo."
"Teria que acender outro cigarro."
"Acende."
"Não quero fumar agora."
"Mas você disse que gosta."
"Quer outra Coca?"
"Não."
"Quer mais pipoca?"
"Não."
"Quer saber o que é gravidade?"
"Não."
"Mas você queria antes."
"Não quero mais."
"Quer um beijo?"
"Não."
"Quer um sopro na bochecha?"

Ela ri:

"Quero."

Ele se inclina, enche os pulmões de ar, encosta a boca na bochechinha dela e assopra, urrando como um peido alto. Ela gargalha. Adora quando ele faz isso e pede outro. Ele dá outro beijo assoprado, urrando como um urso. E faz cócegas nela, que se contorce toda, rola pelo banco. E gargalha de novo. Ele para, e ela pede:

"Faz de novo."

"Não."

"Faz de novo."

"Já disse, não."

Ela se senta na mesma posição de antes e faz uma cara emburrada.

Ele bebe o seu uísque da garrafinha particular.

Ficam ambos emburrados.

Ela, porque não fez de novo.

Ele, porque a vida não o favorece.

"Tá com sono?"

"Não."

"Mas tá ficando tarde."

"Não."

"Não quer ir embora?"

"Não."

"Quer saber o que é gravidade?"

"Não."

"Você só sabe falar não?"

"Não."

Ela ri. E o olha. Pergunta o que ele teme:

"O que que é gravidade?"

"Por que quer saber?"

"Porque quero saber."

"Por que pergunta sobre tudo?"

"Porque sou curiosinha."

"E chatinha."

"Sou nada."

"É sim."

Ela de novo mostra a língua. Sem pipoca colorida nela.

"Saco! Gravidade é uma coisa difícil de explicar. É uma força invisível que atrai os corpos. Por exemplo, se eu jogo o cigarro, ele cai, porque a gravidade da Terra puxa a bituca pra ela. Se a gente pula, a gente volta, porque a gravidade não deixa a gente sair voando. Só se tivermos motores fortes, potentes, como um foguete."

Dá uma bicada no uísque e se surpreende: ela está superatenta.

"A Lua gira em torno da Terra por causa da gravidade, senão, ela sairia voando. A Terra gira em torno do Sol. Os planetas giram em torno do Sol, que não deixa eles escaparem. Tem as galáxias. Tudo se atrai. Fica conectado. Assim por diante. Sacou?"

Ela demonstra não ter entendido muito.

"É como um ímã. Uma cordinha invisível que segura as coisas. Um elástico. É difícil explicar. Quando você crescer, você vai entender."

"Eu não quero crescer."

"Por quê?"

"Porque gosto de ser criança."

"Você é feliz?"

"Hum-hum", afirma com a cabecinha.

"Pois sinto lhe informar, mocinha, que todo mundo cresce, vira adulto e depois morre."

Arrepende-se no ato desta frase mal colocada e apocalíptica. Ela continua pensativa. Por que desconta nela angústias dele? Bebe.

"Você não gosta de criança, né?"
"Gosto sim. Adoro você. Amo você. É a minha sobrinha querida."
"Então por que não tem filhinhos?"
Bebe mais.
"Porque não sou mais casado."
"Mas já foi."
"Mas não tivemos filhos."
"Mas podia."
"Mas não rolou."
"Por que você não quis?"
"É difícil explicar."
"Que nem a gravidade?"
"Mais ou menos."
"Você sente falta dela?"
"Não sei."
"Você está triste?"

Não consegue responder. Ela coloca a mão no rosto dele e faz um carinho.

"Eu posso ser sua filhinha de vez em quando."
"Pra quê?"
"Pra te deixar contente."
"Você me deixa contente."
"Jura?"

Ele não responde. Mata o uísque. Ela se deita com a cabecinha no colo dele e diz:

"Eu também amo você."
"Tá com sono?"
"Tô."

Ele joga com força a garrafinha no lago, assustando os patos, que batem as asas se afastando. Levanta-se, acende outro cigarro e diz:

"Bora."

"Canta aquela música de novo?", ela pede.

Ele sai andando.

Ela vai atrás.

Ele canta:

"Depois de sonhar tantos anos, de fazer tantos planos, de um futuro pra nós, depois de tantos desenganos, nós nos abandonamos como tantos casais..."

Ela corre pra ficar ao lado dele e canta junto o refrão:

"Quero que você seja feliz, hei de ser feliz também, depois..."

A MENINA QUE CHORAVA

Não sei a ética dos moradores de rua na ocupação do espaço público, se há locatários, um dono do ponto, se há privilégios ou prioridades. Dividem a cidade como os não moradores de rua, em calçadas nobres e populares?

Algumas calçadas das cidades são disputadas, como a da rua Boa Vista, no Centro, entre o Pátio do Colégio, em que a cidade foi fundada, e o largo de São Bento, em que o papa ficou hospedado, vizinha à Bovespa, CCBB e Secretaria da Justiça e Defesa da Cidadania.

Nela, igrejas estacionam *vans* com roupas e rango de graça (outro dia, quase comi o *hot dog* de uma delas). Deve ser a mais disputada, já que respiradores do metrô aquecem a calçada e moradores as ocupam como um jogo de dominó.

Costumo interagir com aqueles que dormem nas calçadas. Por defesa, já que um cumprimento conquista aliados, e identificação. Já fui algumas vezes confundido com um pedinte. Parado numa esquina, ou num ponto de ônibus, no anonimato da noite, na minha cadeira de rodas, mesmo sem estender a mão, já me deram esmolas. Acontece com cadeirantes.

Eu me sinto muitas vezes intimidado por passar sobre o dormitório temporário de um morador de rua, com minha roda emporcalhada pelo próprio piso, em que o limite da cama, o estrado, é o papelão e um trapo. Peço licença, peço desculpas.

Tenho a ilusão de que um boa-noite, um sorriso, um simples olhar, reparar nele, reconhecer sua existência, reconhecer um cidadão, é tão valioso quanto uma moeda.

A cidade busca anulá-los. Mas eles estão na paisagem desde os tempos de Cristo. Que tocou neles, lavou seus pés, curou, alimentou, defendeu e em sermões os fez acreditarem que eram iguais a todos. Estarão na paisagem por todos os tempos de todas as cidades.

Segunda-feira é um dia em que obrigatoriamente saio pelas ruas. Da 89 FM, na avenida Paulista, em que comento no programa *Rock Bola*, até meu bairro. Em que a cada semana vejo o número de hóspedes aumentar. Alguns reconheço. Na hora em que saio, estão se acomodando em marquises para a noite imprevisível.

Na Paulista, vou até o metrô. Por vezes, embarco num busão no ponto da esquina da Consolação. Cruzo noias, bêbados, esfomeados. Nunca paro. Sei quem cumprimentar e quem evitar. Sei que jamais serei vítima de violência de um morador de rua "profissional". São solidários também comigo. Mas temo a imprevisibilidade dos noias, os surtados, os aventureiros.

Certa noite, desci na estação Vila Madalena. Consigo olhar meu prédio ao longe. Se a luz do meu andar estiver acesa, vou para casa me divertir com a criançada. Se estiver tudo apagado, vou para o bar, me divertir com a boemia. Por vezes, com luzes acesas, prefiro a boemia, indisposto a aguentar Black e Bloc, que por vezes chamo de Al e Qaeda.

Poucos moradores se hospedam naquele terminal. Na segunda-feira fria, 23h, uma menina bem vestida estava estendida num canto escuro, logo na saída da estação. Ela chorava copiosamente. As pessoas passavam, não paravam, ela chorava. Passei, não parei, e ela chorava.

No meio do terminal, me perguntei por que não parei, por que chorava, por que ninguém parava, por que ignorávamos a dor de alguém, para não nos machucarmos também? E pensei em quantas pessoas fiz chorar, exatamente daquele jeito, numa calçada, e calculei quantas me fizeram chorar no busão, metrô, carro, na calçada ou solidão.

Ela deve chorar de amor. Pelo desamor. Ou não. Voltei. Ela continuava só. Fiquei ao seu lado. Perguntei se estava tudo bem. Que pergunta estúpida... Claro que nada estava bem. Perguntei se ela queria que eu chamasse alguém. Ela me olhou ainda aos prantos, em profundo desespero, olhar comovente, e me deu a mão, uma mão quente, macia, muito quente, muito macia, que segurei com todo o carinho do mundo.

Perguntei se queria que eu ligasse para alguém. Só me olhava e apertava a minha mão. Aconselhei ir para casa. Acenou positivamente com a cabeça, mas não se mexeu. Eu me perguntei se a causa não estaria na casa dela.

Perguntei se queria que eu a ajudasse a embarcar num metrô. Ela fez não. Num táxi? Ela não fez nada. E me olhou suplicando ajuda. Mas que ajuda?

Achei que meu gesto encorajaria outros, algum profissional, alguém com mais tato. Ninguém mais parava. Vi uma mulher parada me olhando furiosa. Percebi que, aos desavisados, parecia que eu era responsável por aquele choro. Poderiam se voltar contra mim, aquele que fez aquela inocente criatura chorar.

Voltei a olhar a mulher furiosa. Era ela a responsável por aquela dor tamanha? Voltei para a solitária. Eu disse algo incrível. Foi sem pensar. Foi verdadeiro. Veio do fundo da alma.

Eu disse algo como uma hora passa, vai por mim, a gente consegue avançar, toda a dor do mundo um dia é substituída, fica na memória, nos faz crescer, evoluir, amadurecer, está lá, mas sobrevivemos, enfrentamos, vamos em frente, amaremos de novo, novas aventuras virão, esqueceremos, amaremos mais, nos surpreenderemos todos os dias, o hoje pode ser infeliz, mas o amanhã pode ser incrível.

    Ela parou de chorar, me apertou mais a mão e sorriu. Fiz positivo com a cabeça, ela fez o mesmo. E a deixei ali sentada. Fui embora sem olhar para trás. Não fui para o bar.

Copyright © 2019 Tordesilhas Livros
Copyright © 2019 Marcelo Rubens Paiva

Todos os direitos reservados. Nenhuma parte desta edição pode ser utilizada ou reproduzida – em qualquer meio ou forma, seja mecânico ou eletrônico –, nem apropriada ou estocada em sistema de banco de dados, sem a expressa autorização da editora. O texto deste livro foi fixado conforme o acordo ortográfico vigente no Brasil desde 1º de janeiro de 2009.

EDIÇÃO Isa Pessoa
CAPA E PROJETO GRÁFICO Amanda Cestaro
PREPARAÇÃO Cacilda Guerra
REVISÃO Claudia Vilas Gomes e Raquel Nakasone

1ª edição, 2019

Dados Internacionais de Catalogação na Publicação (CIP)
(Câmara Brasileira do Livro, SP, Brasil)

Paiva, Marcelo Rubens
O homem ridículo / Marcelo Rubens Paiva. – São Paulo : Tordesilhas, 2019.

ISBN 978-85-8419-089-8

1. Contos brasileiros 2. Crônicas brasileiras
I. Título.

CDD-B869.3
-B869.8

19-23303

Índices para catálogo sistemático:
1. Contos : Literatura brasileira B869.3
2. Crônicas : Literatura brasileira B869.8
Cibele Maria Dias - Bibliotecária - CRB-8/9427

2019
Tordesilhas é um selo da Alaúde Editorial Ltda.
Avenida Paulista, 1337, conjunto 11
01311-200 – São Paulo – SP
www.tordesilhaslivros.com.br

 /tordesilhas    /tordesilhaslivros   /etordesilhas

Este livro foi composto com as famílias tipográficas
Garamond para os textos e Blanch para os títulos.
O miolo foi impresso sobre papel RB 70 gramas
para a Tordesilhas Livros, em 2019.